U0016303

輕鬆的、活力的、創意的、動人的，

一種純粹而愉悅的閱讀新體驗。

關門放狗

彎家有娘初長成

養在深閨愛對路

彎娘·文 彎彎·圖

前言　自從成為彎娘之後

敝姓高，一個年過半百、擁有三個小孩的媽。過去五年來，大部分朋友都習慣稱我「彎娘」，因爲我是人稱「部落格天后」的知名漫畫家：彎彎的媽媽。

自從成爲「彎娘」之後，我的人生有了極爲戲劇化的改變！在敘述我的變化之前，我必須要先跟大家秀一個成語：「愛屋及烏」。

「愛屋及烏」就是說如果您喜歡某個人，您就會連他家屋頂上的烏鴉也會順便喜歡。當然～我並不想暗喻我是烏鴉啦～我只是想說：因爲很多讀者朋友喜歡彎彎，所以也會「順便」喜歡彎彎漫畫裡頭的配角，彎娘不才，我所鬧的笑話一直高居全家之冠，所以我才能榮登彎彎筆下最佳女配角殊榮！所以這就是「愛彎及娘」

的道理！

記得五年前，第一次參加彎彎簽書會的時候，躲在人群中的我經常聽到書迷竊竊私語說著：「彎娘有來嗎？該該也會來嗎？我好想看到他們喔！」說實在話，我當時眞的很開心，也暗自竊喜：「幸好該該與阿魯是狗，不方便帶到簽書會上，不然牠們一定會搶走我的風采！」不過除了開心之外，其實我的內心也非常感動，我眞的沒想到這個世界上居然會有人期待看到我，所以我告訴我自己，一定要好好珍惜這種得來不易的福分。

拜自轉星球黃社長之賜，他成功地把我女兒塑造成有如明星般的人物，這點讓我銘感在心！所以剛開始舉辦簽書會時，我還會緊張地想著：「如果彎彎是明星的話，那我就是所謂的『星媽』囉？如果彎彎被網友稱爲『天后』，那身爲彎娘的我豈不是該稱爲『大天后』或是『天大后』嗎？」

不過我眞的不想當什麼星媽，更不想當什麼后不后！我只想好好扮演彎娘與彎彎漫畫裡頭最常出現的漫畫人物這兩種角色。有時我試著去體會書迷的心情，當

書迷們看到漫畫裡頭的彎娘就這麼活生生地走出來，他們一定會覺得很開心！這種道理就像如果有一天小叮噹（哆啦A夢）裡頭的人物突然出現在我面前，還跟我說話、合影留念，我一定也會非常興奮！

於是……我就把我自己定位成一個漫畫人物、一位活生生、能討書迷們喜歡的漫畫人物。正因爲如此，我的生活變得多采多姿，我認識了好多好多可愛又善良的網友與書迷們，每次簽書會就是我最快樂的日子！

因爲很多人提醒我，開場白不能講太長，所以我也不多廢話、就寫到這裡了。

接下來就要跟大家介紹我的故事。我的故事並不傳奇，不過還算是特別，而且也非常可愛。希望您能繼續開心地看下去。感恩～

chapter4

跟著彎彎趴趴走

chapter5

當我們彎在一起

chapter6

彎娘愛時髦

第一章　誤打誤撞的人生

過程跌跌撞撞，也能結出甜美的果實。

繞道走彎路，欣賞人生好風光。

矇到算賺到

我無法確定我們家的共同口頭禪是不是「**誤打誤撞**」？我記得我們全家人很少在家裡頭說過這句，不過奇怪的是：每次我與彎彎出現在公開場合時，我們卻習慣用「誤打誤撞」來解釋任何問題。

如果您問彎彎：「妳是如何成爲一位漫畫家？」她十次有八次會用「誤打誤撞」來當標準答案。不過彎彎的「誤打誤撞」是非常有誠意、而且千眞萬確的答案，因爲彎彎天生就喜歡畫畫，更喜歡用圖畫來逗自己開心、逗別人開心，她根本從來沒有想過她的繪畫作品可以出書，還可以賺錢呢！

而身爲彎娘的我，其實也酷愛用「誤打誤撞」來回答問題。就像某次我跟彎彎與某位台灣出版界的老闆吃飯，老闆很客氣地問我：「妳是怎麼生的？怎麼可以生出彎彎這種好女兒！」雖然我經常被問到類似的問題，不過我只要聽到這種問題一定會面紅耳赤，因爲我眞的不知道該如何回答，所以最後只好很不長進地用「誤打誤撞」來回答別人。

其實我每次一講完「誤打誤撞」這句話，我都會感到羞愧，甚至回到家之後還會懊惱到隔天早上！但是平心而論，「誤打誤撞」應該就是我的人生註腳與最佳形容詞，因爲我的人生就是從「誤打誤撞」展開的……

在五十幾年前，桃園大溪有位劉太太，因爲她平常就長得很瘦，所以只要懷孕，肚子一定會比其他孕婦顯得更大！但是就在劉太太第六次懷孕的時候，她的肚子顯得特別大！當時鎭上很多街坊鄰居都猜測劉太太懷了雙胞胎。不過在那個年代，雙胞胎眞的非常罕見，尤其在桃園大溪的小鎭上，雙胞胎更是前所未聞！所以劉太太就很認眞地告訴所有人：「我怎麼可能會懷雙胞胎呢？一定是我太瘦了，你們才會覺得我的肚子這麼大！」

直到臨盆的那天，劉太太還是不相信自己懷了雙胞胎，甚至連大溪最有經驗的

雙胞胎～?
怎麼可能～??
啊都生出來了..
接受現實吧
奶奶..
還沒投胎
的彎彎

產婆也贊同她的想法。

因爲劉太太生產過程非常不順利，所以讓大家都忙得人仰馬翻，當孩子呱呱落地之後，已經疲憊不堪的產婆就準備要收工，回家好好睡個覺！不過就在此時，產婆意外發現一個非常詭異的狀況：「爲何小孩都已經生出來了，但是劉太太的肚子卻絲毫沒有『消腫』跡象，居然還是大到一個不行？」於是乎，疲憊的產婆與虛弱的劉太太就針對這樁怪事討論了起來，而且還討論了十五分鐘。

就在產婆與劉太太還沒討論出個結果時，劉太太的肚子又開始痛了起來，原本她一直以爲是自己想要上廁所，產婆也以爲這是胎盤脫出所導致的疼痛。不過兩人居然都猜錯了！因爲就在那瞬間，劉太太肚子裡頭的第二個小孩就這麼蹦了出來。這下大家才知道劉太太果然就如同街坊鄰居所料懷了一對雙胞胎，而我就這麼「誤打誤撞」地來到了世界！

對了！這位劉太太就是我的媽媽，提早十五分鐘「早到一步」的小孩則是一輩子都要強調她是我五姊的鑾姨。當然～那位原本一直被當作不存在的小孩就是我。

所以從我出生的那刻開始，「誤打誤撞」就一直跟我如影隨形了。

老么變老大

自從我「誤打誤撞」來到這世界，劉家就一口氣擁有了七個小孩。

劉爸爸是土地代書，劉媽媽則是專門教別人製作旗袍的縫紉老師。劉家七個小孩裡頭，只有老二是男生，其餘皆是女生。其實以爸媽的職業來看，我的家境還算相當不錯！不過劉媽媽生了老三（我的二姊）之後，看到一位鄰居膝下無兒女，所以就把我二姊送給鄰居當養女。

當我媽把老三送走之後不久，就開始覺得後悔，所以又接連生了我三姊、四姊以及彎姨跟我。也許是雙胞胎眞的很不好帶吧？於是我媽媽又開始想不開，決定從我與彎姨之中挑選一個送給鄰居。

這是伴手禮啦～
咦咦～～!?
高家
原來以前送小孩
跟送喜餅
一樣容易!?

由於我跟彎姨是雙胞胎，兩人長得幾乎一模一樣，愛哭的程度也是不分軒輊。該把誰送走呢？這似乎很難抉擇。我不知道我媽當初如何做出這個決定，我猜她也許是用剪刀、石頭、布的方式來決定吧？總之最後雀屏中選的孩子是彎姨，所以才四個月大的彎姨就被當成禮物送給附近的鄰居。

至於留下來的我，就乖乖地當劉家的么女，而我的父母也在此時下定決心，要把我這個寶貝么女當成「非送品」，一定要留在自己的身邊。

原本這故事說到這裡，就可以結束了。不料此時又發生了一個驚天動地的「誤打誤撞」事件。

就在我九個月大的時候，劉媽媽縫紉班上的一位高姓同學家裡出了大事！因爲高同學的獨生女不幸夭折，讓他們全家陷入了愁雲慘霧。而高同學是我媽媽的得意門生，所以她非常想幫助這位高同學。

當時有位朋友告訴她，如果帶個小孩去作客，將會給別人帶來幸運。由於我從小長得還算可愛，所以我媽媽就交代我阿姨把我當成「親善大使」，帶去三重的高家作客，讓他們家裡增添一些喜氣！

不過負責帶我去三重高家的阿姨卻完全會錯意，她不知道我只是一位再單純也不過的「親善大使」，還誤以爲我的爸媽又想不開、想要把我送給別人。所以她一到高家，就發揮三寸不爛之舌，慫恿高家收下我這份「大禮」。

因爲阿姨的口才實在太好！所以讓高家喜出望外，歡欣鼓舞地收下「我」這份大禮，也由於我的出現，讓高家低迷已久的氣氛立即轉爲歡樂。所以就從那天開始，我就「誤打誤撞」地從大溪劉家排行老七的么女，成爲三重高家的長女。

至於我那位「會錯意界的天王」阿姨還以爲自己立下了大功，居然還喜孜孜地回到大溪邀功。

因爲這整件事情發生得過於突然，而且我媽知道三重高家對我這個天外飛來的掌上明珠眞的非常喜愛，畢竟劉家已經有五位小孩，高家卻連一個小孩都沒有，所以她認定我在高家所受到的待遇一定會比我在劉家還要好！基於這種種原因，所以她也不好意思把我討回來，乾脆硬著頭皮、將錯就錯、錯到底算了！就從那刻開始，她在我生命中的角色，也就從媽媽變成了生母。

不過就在寫這本書的途中，某天我與我媽閒聊時，她居然跟我爆了一個超級大秘密。原來高家收下我這個大禮之後不久，我就生了一場非常嚴重的病。當時我媽非常慌張，怕我小命難保，於是她就帶著我回大溪。

「難道妳當初想把我『退貨』嗎？」我有點生氣有點好奇地追問著。

「沒有啦~我只是想讓妳生母見妳最後一面，畢竟妳是她生的嘛！」媽媽氣定神閒地說道。

「那我當初既然病得這麼重，那最後又是如何康復的呢？」我繼續追問。

「只有天知道！總之，妳一從大溪回來之後，病就突然好了！」媽媽依舊平靜地回答我。

所以我人生的「誤打誤撞」事情就這麼又添了一樁……

不寂寞的十七歲

自從我那位自作聰明的天兵阿姨「誤打誤撞」地把我當成禮物送給三重高家之後，我的人生在未滿週歲之前就轉了一個大彎！不過我生母的判斷是正確的，我的「新」爸媽對我眞的很好！他們把我當成掌上明珠來看待！

因爲我媽媽不太容易懷孕，所以我爸媽原本只打算養我這個小孩就已足夠，並未考慮還要繼續生孩子的事情。沒想到我這位「誤打誤撞」界的幸運星一來到高家，我媽媽就立即傳出喜訊，接下來的六年，我媽每隔兩年就生下一個寶寶！所以在我七歲時，我居然已經有九個兄弟姊妹！（原本的劉家六個加上現在的高家三個。）

我爸當時是位菜販，媽媽則是家庭主婦，雖然她是我生母縫紉班上的得意門生，但是她並不識字、個性也比較保守，不太習慣與外界打交道，所以她始終沒以縫紉爲業，頂多就在家裡頭養養豬貼補家用。

如今回想起來，我媽媽的個性眞的跟彎彎差不多，她們都很宅、不喜歡出門、喜歡窩在家裡。儘管如此，她還是會帶我回大溪，去見我的生母與我的雙胞胎姊妹：彎姨。

因爲我與彎姨是大溪小鎭罕見的雙胞胎姊妹，所以我每次回到大溪，都會引起一陣小騷動，因爲街坊鄰居都想要看看我們這對雙胞胎的「成長進度」。當時大家最喜歡拿我來跟彎姨比較，看看誰長得比較高？誰長得比較漂亮？誰比較討人喜歡？

既然大家喜歡看「雙胞胎車拚秀」，我當然樂意奉陪，但是彎姨卻是百般不願意。因爲她那時很害羞，而我也有點矜持，所以她不敢跟我講話、甚至不敢直視我。每次我們在街坊鄰居前比完身高之後，她總是一溜煙地馬上逃開。

天生斜視…？
……
沒禮貌!!

當時我對彎姨充滿了好奇！她真的跟我好像！不但身高一樣、長相也幾乎一模一樣，我看到她的感覺就好像照鏡子一樣，但是我倆還是存在著一個重大差異：因爲彎姨比較不幸運，她被送去的人家對她比較不好，所以彎姨就好像是灰姑娘，而我則是被父母照顧得無微不至的白雪公主。

另一方面，我發現彎姨每次看到我的表情，就像是看到壞巫婆一樣，能閃多遠、就閃多遠，這讓我十分氣餒，所以我那時似乎同時具備「白雪公主」與「壞巫婆」兩種身分。

彎姨就這樣跟我僵持了十幾年，始終不把我當成雙胞胎妹妹來「正眼」看待。老實說，那時我一直有個錯覺，莫非彎姨是斜視不成？直到我十七歲的那年，我聽說彎姨在大溪賣西瓜，我特別跑去光顧彎姨的西瓜攤，這時她才終於敢用雙眼直視著我（也許怕西瓜掉下來吧？），也願意跟我講話（不然怎麼跟我說西瓜的價錢呢？），不過我們的關係僅止於此，我們還稱不上是好朋友，更不算是好姊妹！

眼見這則故事又要被我講完了，但是……各位別慌張，因爲彎娘專屬的「誤打誤撞秀」又要登場了！因爲此刻發生了一件大事！

當時彎姨跟養母吵了一大架，所以憤而離家出走，但是她又怕被養母「逮捕歸案」，所以她並不敢待在大溪，但是她又不認識住在大溪之外的人。於是，冰雪聰明的彎姨立即想到了當時住在龜山的我。

自從彎姨來投靠我之後，我簡直是喜出望外啊！那眞的是我這輩子最快樂的一刻！所以我二話不說、立即收容了彎姨，而且還幫彎姨在我任職的成衣工廠找了份工作。我們白天在一起工作，晚上也住在同一個房間裡頭。從此之後，我與彎姨就眞的成爲一對無話不說、感情好到超乎尋常的雙胞胎姊妹花，所以那年應該可以稱得上是「不寂寞的十七歲」！

人生進度大車拚

自從彎姨跑來龜山投靠我之後，我們就成為感情超好的姊妹。彎姨經常打趣地跟我說：「我們乾脆當連體嬰算了！」不過儘管我們的感情好到非比尋常，但是我與彎姨之間卻開始出現了一種非常微妙的變化！

在我們十七歲之前，為了應大溪地區的觀眾朋友需要，所以我與彎姨經常被迫要當眾進行「成長進度大車拚」。不過畢竟我與彎姨是雙胞胎，從一歲~十七歲，我們的身高、體重幾乎亦步亦趨，甚至是永遠相同，至於我與彎姨的長相據說也是85%神似！所以這場歷時十七年的「成長進度大車拚」根本沒啥好比的！更重要的是：鄉親父老也都看膩了，已經算是歹戲拖棚了！

（註：彎姨經常問我：「爲何妳總是強調我們長相85%神似？而不是90%或是80%？」而我每次的答案不一樣，最新的說法是：「因爲85℃的飲料與蛋糕比較好吃！」）

自從我與彎姨停止了「成長進度大車拚」之後，我們居然開始悄悄上演了另外一場競賽「人生進度大車拚」。其實說起來也很白痴！就是比誰比較早交到男朋友？誰比較早結婚？誰比較早生小孩？

我與彎姨第一回合的「人生進度大車拚」是比誰先交到男朋友！這階段我算是險勝，因爲我當時「率先」跟一位駐守在大溪慈湖的憲兵交往，彎姨卻還是小姑獨處。

不過我也沒得意太久，因爲我居然被「兵變」了！當時我的初戀情人即將退伍還鄉，由於他想要展開一段新的人生，所以他匆匆忙忙把我給甩了，讓我成爲他軍中生涯的一個回憶。

正在我爲情傷所苦時，彎姨居然後來居上！芳齡二十的彎姨不但交到了男朋

這件衣服我穿比孿姨好看吧!?
…不，這件衣服很醜

…也太愛比了…

有人說，我看起來比孿姨年輕

所以，我是因此出生的嗎!?

勝利!!

不過，孿姨搶先當阿嬤了

快點讓我抱孫子啊!!
這位太太妳跳過結婚了吧!!

友，而且還準備要閃電結婚！所以彎姨在第二回合的「人生進度大車拚」可說是遙遙領先！

彎姨的閃電結婚事件帶給我極大的打擊，所以無聊透頂的我就一直想要跟彎姨看齊，好趕上所謂的人生進度。於是我在家人的極力反對下，居然匆匆忙忙地交了一位男朋友，而且幾乎是向男生求婚的方式，簡直像用「宅急便」把自己給嫁了出去。所以在彎姨結婚的半年之後，我也火速踏上紅毯，成爲胡家的媳婦。

儘管我的結婚進度落後了彎姨半年，不過我一直安慰自己，我與彎姨在第二回合的「人生進度大車拚」，其實並未落後。因爲彎姨在二十歲結婚，而我也是在二十歲結婚，所以我根本不算是輸家！

但是彎姨眞的是不容小覷的強勁對手啊！她居然在我結婚喜宴過後的幾天，告訴我一個晴天霹靂的消息：她懷孕了！天啊！第三回合即將要展開了嗎？

如今回想我當時的行徑，我只能用「不可理喻」來形容，但是當時年紀眞的太小、腦筋太笨，我除了一心一意想跟彎姨較量之外，似乎什麼都不在乎！既然彎姨已經率先懷孕了，誰怕誰？我也比照辦理吧！

所以在半年之後，我也懷孕了，我的比賽成果就是彎姊（Kay）。但是這次我已經不打算安慰自己了，因爲我生的第一個小孩還是落後彎姨的小孩半年，這回合就算我輸了！

又過了兩年，彎姨再度懷孕了。雖然我這時鬥志已經不太高昂，但是在我的潛意識中，還是存在想跟彎姨看齊的念頭，於是半年之後，我也懷孕了，這回合的成果就是彎哥（Fox）。

彎姨自從生了兩個寶貝小孩之後，她就斬釘截鐵地宣布自己絕對不會再生孩子了，於是我這時就起了歹念，我想如果我生第三個小孩，那我與彎姨的「人生進度大車拚」不就等於徹底領先了嗎？光想到「三大於二」這個數學式，我就樂不可支！儘管那時我家經濟狀況不太好，已經不太容許第三個小孩的誕生。但是台灣俗話不是這樣說的嗎：「孩子會自己帶錢來」！

所以我就逮到這個千載難逢的大逆轉機會，咬緊牙關生了老三。這下子，我終於在這場無聊透頂的「人生進度大車拚」以三比二的比數戰勝了彎姨，我簡直就是冠軍、可以拿金牌了！

說實在話，這回合的勝利一直讓我得意忘形到現在，就算如今我已經五十幾歲，但是想起這次大逆轉，我還是會露出微笑。

對了！讓我贏得大逆轉的勝負關鍵就是我的老三，也就是彎彎！因為我從來沒跟彎彎講過這樁往事，而選擇在我第一本書上揭密，不知道彎彎知道她的「身世之謎」之後，會不會因此感到難過？

對不起~彎彎，千萬別怪媽媽，如果媽媽當初沒那麼三八地跟彎姨苦戰數回合的「人生進度大車拚」，妳又怎麼會來到這個世界上呢？

從檳榔西施到白衣天使

我眞的打從心底佩服彎彎，她從學校畢業到現在已經快要十年的時間，居然只換過三家公司，而我這個不長進的媽媽，在進入社會的前十年，居然就換了將近十個工作，大概是彎彎的三倍之多！

爲此，只要一逮到機會，我就會大大地誇獎彎彎：「我年輕的時候換工作就如同走馬燈一樣，妳卻很少換工作！孩子，妳眞的比媽媽強！」我用幾近流淚的感動表情跟彎彎說著。

雖然彎彎經常被我的感性話語感動不已，不過那眞的是**我愛演**、**她愛看**，那是我們家每隔幾週就要上演一次的固定「親情戲」。其實我沒那麼笨，我當然知道彎彎不喜歡換工作的原因，因爲她實在是……太……懶了。她一直認爲換工作很麻煩，所以除非公司倒閉、老闆趕人，不然她眞的是能待多久就待久！

而我自己如同走馬燈的工作史也算是多災多難，不過我從來不會因此而感到悲哀！因爲我總是可以從工作中找到快樂、找到意義。就算我左思右想也找不出值得開心的事情，我也會想起家裡可愛的三個小孩，想起我辛苦工作賺來的錢可以養活小孩，我就不由自主地開心了起來。

起初我一直是工廠的作業員，婚後因爲要照顧小孩，不太方便出門上班，於是我就從事家庭手工業。我最拿手的手工就是「蛇皮加工」，因爲某間皮包工廠需要細心又不怕蛇的女生，而我正好是個異類，因爲我既細心、又不怕蛇，所以這份工作非常適合我。只不過好景不常，工廠後來倒閉了，所以我家就開起了文具店。

不過家中食指浩繁，又負債累累，我就在文具店外頭又擺了檳榔攤，開始當起了檳榔西施。不過以前的檳榔西施跟現在有很大的不同，因爲我不需要穿清涼的衣服，我只要會切青仔和包葉子就足夠！當然~檳榔西施最困難的挑戰就是冒著危險穿越馬路、把檳榔交給卡車司機。然後他們偶爾會跟我說一些亂七八糟的話，但是爲了生活，我也不會多計較！

後來文具店倒閉了，所以我的檳榔攤也跟著關門了！於是我就流浪式地換了好多工作，然後落腳在基隆暖暖一帶的菜攤，開始賣起菜來。

賣菜眞的很辛苦，不過我卻非常稱職！我擅長把青菜井然有序地歸位，然後把幾乎每天變動的菜價記得一清二楚！我眞的很會聊天，而且笑容滿面，所以大家都喜歡跟我買菜。除了愛聊天的婆婆媽媽之外，我還能吸引到從不買菜的年輕男生來光顧我們的菜攤。

當時我的工作表現非常好，所以老闆每天都會誇獎我，讓我覺得賣菜眞的是一份很有意義的工作，所以每天都非常開心！

或許因爲如此，我心裡頭充滿了正面能量，當時我還藉由賣菜創造出我這輩子在職場上最有意義的一件事！

因爲我可以吸引許多年輕男生來光顧，雖然我可以藉此賣更多的菜、領到更多的錢，但是心裡頭還是覺得怪怪的！我都已經結婚了，而且還生了三個小孩，這麼會吸引年輕男生到底是想要幹嘛？

連大蟒蛇也沒在怕！

由於我充滿了正面能量，所以我立即轉換念頭，突然想起那小我六歲的妹妹，她還是小姑獨處！如果我能從這些跟我買菜的年輕男生裡頭爲她挑位「妹夫」，那不是很棒嗎！

就從那一天開始，客人忙著「挑菜」時，我也忙著在「挑妹夫」。不過這眞的是一個高難度的任務，因爲我跟客人講話的時間不可能太長，而且長得好看、很會聊天的人也不見得就會是適合當我妹夫的好人。

就在我準備放棄念頭時，我突然發現那位很喜歡誇獎我的老闆好像很適合我妹妹，所以我就發揮三寸不爛之舌，說服我的老闆跟我妹妹約會。

原本以爲這是一個很三八的瞎建議，沒想到我的老闆卻答應了，而且他們見面之後居然一拍即合，半年後就步上了結婚禮堂。就算二十幾年後，這對賢伉儷依舊非常恩愛、令人稱羨！所以這件「讓老闆變妹夫」的事情就成爲我職場生涯最有意義的事情！

雖然我的老闆變成了我妹夫，不過我妹妹也就因此成爲我的老闆娘。所以我當時就覺得自己「功德圓滿」，於是又興起了改行的念頭，但是我要如何找到一個適合自己、讓自己每天都很開心、而且又有意義的工作呢？

頓時我陷入了長考，這時我突然想起我的大姊，她大我整整十四歲！我一直認爲我大姊在大溪的知名度跟鳳飛飛差不多！（註：鳳飛飛也是大溪人）因爲她是大溪第一位出國留學的人！

由於我的大姊是一位非常傑出的護士，雖然當時我沒見過她幾次，但是我眞的非常崇拜她，所以我覺得護士可能是一份非常適合我、而且很有意義的工作，於是我下定決心要成爲白衣天使。

就在二十年前，我又改行了，不過這卻是我人生最後一次改行，我直到如今還是堅持當護士。雖然過去二十年來，我一共換了三家診所服務，但是我始終沒有「變心」，因爲我確信護士是我這輩子最愛的工作！

第二章　我是彎娘

絕不放棄當孩子的後盾，
但是在媽媽的崗位上，
我是最耀眼的主角！

愛哭彎傳奇

自從我肚子裡頭懷了彎彎之後，我在「人生進度大車拚」的競賽上就徹底戰勝了彎姨！因爲眞的是人逢喜事、精神爽！所以我在懷彎彎的時候，心情顯得特別好！表現在外的就是妙語如珠與無人可及的幽默感。當時我周圍的人都說從來沒有看過像我這麼會講笑話、逗人開心的孕婦。

不過自從彎彎誕生之後，我的好心情就瞬間成爲泡影。因爲比起彎彎，彎哥與彎姊眞的非常好帶！但是彎彎眞的非常另類！她實在太……愛……哭……了！

我眞的不知道像我這麼可愛、這麼會講笑話，而且擁有迷人笑容的媽媽會生下如此愛哭的小孩。但是彎彎畢竟是我女兒，而且還是我人生進度逆轉勝的大功臣，

所以我一定要想出個辦法來解決彎彎的愛哭症。

我帶著彎彎去找了很多名醫，看看彎彎究竟有什麼隱疾、會讓她如此愛哭？結果遍訪群醫之後，我還是沒有獲得解答！後來同事們介紹我帶彎彎去仙生嬤收驚，但是彎彎可是邊收邊哭、越收越哭，最後神通廣大的仙生嬤也束手無策、宣布放棄！

因爲彎彎的愛哭已經傳遍大街小巷，所以當時許多熱心人士紛紛獻策，提供我解決之道。其中最讓我感興趣的建議就是去拜註生娘娘。因爲大家都懷疑彎彎是投錯胎，所以非常不甘願，只好每天哭給我聽，來表達對我的抗議。

好吧！既然大家都說得如此有道理，而且我每次看到彎彎愛哭的表情，一直隱隱認爲她好像眞的在對我表達抗議之意，所以我就帶著彎彎去拜註生娘娘。不過註生娘娘似乎也不太想理我，因爲祂每次給我的答案都不一樣。

我還記得當時我們住在新莊，一棟房子住了一整個大家族。每逢夜晚，幾十個人準備要睡覺的時候，彎彎總是選擇這個不對的時機哭著不停，吵得大家都不能睡彎娘常說..

妳小時候超~~級愛哭的，
我好幾次都想把妳掐死呢~

證據就是我小時候
的照片都被打的好慘..

臉跟屁股都是
當時被打腫的吧..直到現在...

覺。爲了顧全大局，我只好抱著彎彎跑到房子外面，搖著搖著，彎彎就不哭了。不過就算彎彎不哭了，她也是不願意睡覺。

我想彎彎大概從小就有夜貓子的潛質吧？明明三更半夜，她居然還是精神奇佳、怎麼也不肯睡！唯獨趴在我的肚皮上，彎彎才願意入睡，所以無計可施的我只好坐在房子外面、抱著彎彎直到天明，所以那時我幾乎快要忘記睡在床鋪上的感覺！

彎彎就這麼愛哭了兩年，直到我們家開文具店，她似乎就想通了、不再抱怨投錯胎，從此就也不哭了！這時我們才發現不哭的彎彎實在非常可愛！簡直就是我們的「鎮店之寶」！很多客人會專程來店裡看彎彎的可愛模樣。

彎彎小時候屁股很大（現在好像還是不小？），她特別喜歡趴在店裡的桌子上，很有節奏地搖晃著胖嘟嘟的大屁股。不知道是不是我之前太常帶彎彎去廟裡拜拜、收驚？所以她搖晃屁股的模樣眞的很像元宵節廟裡的電動花燈。

雖然彎彎的屁股以及她可愛的模樣吸引了很多客人，但是客人好像眞的是專程來看彎彎表演搖屁股，卻不太會在店裡買東西。這似乎就跟您去廟裡看電動花燈的展出、也不用給錢的道理一樣。所以文具店的生意撐不過兩年，就黯然倒閉了。後來我們全家就過著像遊牧民族一樣的生活。

從彎彎四歲開始，我們就從新樹路搬到中港路、然後又搬到萬華、再搬回新樹路。不過您別以爲搬個四趟就夠了！後來幾年，我們又在鶯歌、台中、台南、三重之間不停地遷徙。

後來我媽看不下去了，於是就拿出錢來，幫我們在三重買了一棟房子。不過這房子只有八坪大，我家卻有五個人，根本不夠住。就在此時，住在台南的彎姨也即時地伸出援手，於是我就帶著彎彎與彎姊搬去了台南，跟彎姨一起共同生活了半年。

不過住在台南的那段日子對於日後的彎彎產生了極大的影響，因爲彎彎說話的腔調居然完全跟台南當地人同步，成爲獨特的台南腔台灣國語！

小叮噹彎彎

彎彎就讀幼稚園的時候，阿姨常常租漫畫給她看，所以她就不知不覺地迷上了漫畫。看久了之後，彎彎也開始學著畫漫畫。

當時彎彎最喜歡小叮噹（就是現在的哆啦A夢），所以她畫的圖幾乎都是小叮噹。一開始，我拿撕下來的日曆背面給她畫，但是彎彎畫圖的速度實在太快了，端午節都還沒到，她居然就已經把整年的日曆都畫完了。

因爲我整天都爲了柴米油鹽而忙得焦頭爛額，所以我承認我對彎彎眞的有點敷衍，既然整年的日曆都被彎彎畫完了，那乾脆拿衛生紙給她畫好了。但是彎彎眞的很愛畫漫畫，就算是衛生紙，也不嫌棄地畫個不停，畫到我們家上廁所幾乎沒紙可

還是叫她去她
舅舅家玩好了..
(畫他們家的牆..)
大畫家
繼舅
ㄏ丨

用，她還是不停地畫。

就在這時候，出現了一位大貴人——他就是彎彎的舅舅，這個世界上第一位賞識彎彎繪畫天分的人。彎舅的嘴巴眞的很甜！彎彎只要一畫圖，彎舅就會鼓勵她畫得很好，希望她繼續畫下去。但是家裡的日曆與衛生紙都畫完了，彎彎又該畫在哪裡呢？於是彎舅靈機一動，爲何不讓彎彎畫在自己家裡的牆壁上？如果牆壁不夠畫，還可以重新粉刷一次，如此一來，彎彎永遠都有地方可以畫圖，何樂而不爲？

於是彎彎就成爲一位不折不扣的「壁畫家」，她每天都在彎舅家裡的牆壁上塗鴉，畫著一隻又一隻的小叮噹，而且還是有表情、有劇情的小叮噹！如果彎彎把整面牆壁畫完，彎舅就會重新用白色油漆粉刷牆壁，就是希望彎彎可以好好畫個夠！

當時彎舅經常跟我討論，彎彎長大之後會不會成爲大畫家？就算退而求其次，成爲畫電影廣告看板的畫家也算是不錯的職業！而身爲媽媽的我當然不能潑冷水，一定是樂觀其成，只不過我覺得彎彎的字實在太醜了！就算是成爲畫家，也必須要擁有一手好字才對啊！不然要怎麼在自己的作品上題字、落款呢？

在我那個年代，做父母的人都希望自己的孩子可以寫得一手好字，因爲那時沒有電腦，所以筆跡漂亮眞的是件非常重要的事情。不過我家的彎彎不但不想把字寫好，甚至還用懶得寫字的理由，用畫漫畫的方式來寫日記。

不過彎彎要怎麼做，我都不會干涉。就算字寫得醜，其實也無所謂！因爲我自己的字也好看不到哪裡啊！就算彎彎不想好好念書或是考個好大學，我也不會生氣。因爲我自己也沒念過什麼書，根本沒有學歷可言。

我對我的三個孩子始終採取「放縱式管理」，我從來不會逼迫他們要學這學那，**我只希望我的孩子們不會學壞！**不要做出讓我傷心，或者讓整個社會都傷心的事情就夠了！我非常尊重孩子們的選擇，他們只要能夠快樂、平安地成長，就是我最大的安慰了！不過除此之外，我還是隱隱地希望我的孩子們不要像我一樣，太早談戀愛、太早結婚、太早就生了一堆小孩。

儘管我跟彎舅一樣，非常肯定彎彎的繪畫天分，我也覺得彎彎畫的小叮噹是全世界最厲害、最可愛的小叮噹，不過我還是擔心彎彎萬一只會畫小叮噹、這又該怎麼辦呢？畢竟小叮噹是別人（藤子不二雄）的東西，如果彎彎想走出自己的一片天空，她一定要畫出屬於自己的東西才行！

機場大混亂

上一篇文章曾經提到我對彎彎繪畫天分的肯定，不過我還是一直暗自擔心著萬一彎彎只會畫小叮噹、而不會畫其他東西，這樣就沒有前途了！但是這眞的是我想太多！因爲我除了看過彎彎畫的小叮噹與每年母親節送給我的卡片之外，我居然沒發現彎彎其實還畫了好多好多不同的圖畫。甚至當我年過半百之後，才赫然發現彎彎在念小學的時候，就已經把自己畫的漫畫賣給同學來賺錢呢！（雖然一本只賣五元，眞是沒有成本觀念！唉～）

讓我眞正見識到彎彎的繪畫才華，就要說到一件彎彎就讀國中一年級所發生的故事了。當然～我家的故事幾乎都跟「誤打誤撞」的烏龍大爆笑有關。

十幾年前，我在診所認識了一位新加坡朋友，正好當時她回新加坡定居，所以我就趁著放暑假的時候，帶著彎哥與彎彎一起去新加坡找她玩。不過彎姊那時正在念高中，因爲課業繁重，所以並未同行。

因爲這是彎哥與彎彎第一次出國，所以他們兩人顯得格外興奮，在彎爸的車子內一直手舞足蹈，快樂地唱著不知名的怪歌。因爲我坐在前座，沒辦法陪著他們一起攪和，所以我閒著也是閒著，就把護照拿出來翻。但是翻著翻著，我忽然看到一個不該出現在我眼前的名字！天啊！護照上怎麼會是彎姊的名字呢？難道我帶錯了護照嗎？果不其然~我居然忘了帶自己的護照出門，難不成要讓孩子們自己去新加坡嗎？

我這一驚眞的非同小可！因爲距離登機只剩一個半小時而已！所以我們當機立斷，立即掉頭回家去拿護照。我們搭乘的是早上八點的班機，那時正好是交通顚峰時刻，所以當我們回頭再趕回機場時，距離起飛根本沒剩幾分鐘了。於是我們三人提著行李，彷彿像逃難似地直奔機場大廳，那種狼狽的模樣，我至今難以忘懷！

儘管我們三人跑得氣喘如牛，簡直就快要往生了！但是我們還是沒能趕上飛機。幸好當時台北至新加坡的班機一天有四班，下一班飛機則是在下午一點起飛，

新加坡 & 馬來西亞の旅
AND
summer vacation
←封面
第一頁
84年 8月18日
P.M 5:30
FreeWAY
當時的圖翻拍：

所以我們就在機場苦等了四個小時。

就在我們苦候飛機的時候，我與彎哥傻傻地坐在椅子上發呆，彎彎卻從背包裡頭拿出了紙筆，把我們剛才發生的所有烏龍糗事完完整整地呈現了出來。

老實說，我那時看到彎彎的作品眞的是嚇呆了！因爲她沒把我畫成小叮噹，也沒把彎哥畫成大雄，她用非常簡單的線條就把我們三人畫了出來。我想任何人看到彎彎的畫，都會明白地知道彎彎畫的那位慌亂的女人就是在下我。

彎彎的觀察力眞的非常敏銳！居然可以把我們之前兵荒馬亂的心境如此精準地完整呈現出來，而且圖畫裡頭絲毫沒有抱怨與生氣，只有幽默與爆笑，可見彎彎眞的跟我一樣具備天生的喜感。這下子，我眞的見識到彎彎的繪畫天分，原來她是這麼有才華的小女生！

因爲我希望可以好好珍藏這幅讓我感動萬分的作品，所以我就請彎彎把她這張名爲「機場大混亂」的作品送給我當禮物，她也非常樂意！說眞的！這張圖眞的太厲害了！就算事隔多年，我再拿出來「重溫舊夢」，我仍然會被彎彎的圖畫逗笑，它還是可以生動地喚起我們母子三人在機場亂成一團的烏龍記憶。

後退嚕

據彎彎的說法，她會成爲漫畫家的原因是「誤打誤撞」。不過對我而言，我眞的是對她的成名「後知後覺」到一個令人髮指（對不起～已經找不到適合的形容詞了！）的境界。

我知道彎彎很會畫圖、我知道她會把自己的漫畫作品放在網路上，我也知道她曾經有一度非常沮喪，不想要繼續畫畫了（五月天事件）。身爲母親的我一聽到女兒的沮喪，我一定要挺身而出來安慰彎彎才是！

不過各位要知道，想要安慰彎彎是一件非常困難的事情，因爲彎彎就像是「長江七號」或「〇〇七」之類的地下諜報人員，她非常神秘、低調、喜怒絕不形於色、也少說話，最重要的就是你根本不知道她正在做什麼事情。

當時我的認知是彎彎的工作是畫畫，也許是老闆人太刻薄，所以害得她想要辭職。於是我的職場回憶就湧上心頭，我想我自己就換了好多個工作，所以彎彎就算要換工作，其實也沒關係！因爲年輕就是本錢！這有什麼好怕的呢！爲了要安慰彎彎，我特別花了幾小時爲彎彎準備一小段安慰講詞。

因爲這段講詞實在太經典了！所以連記性很差的我到現在都還完整記得呢！

在講這段話之前，我還對著鏡子、特別擺出很像慈母的柔和表情，當然～我最招牌的「露齒而笑」是絕對不能少的！於是我緩步走進彎彎的房間，用我認爲最能撫慰人心的語調輕輕對著彎彎地說出以下經典講詞。

「阿緯（彎彎的小名），妳就順著自己的興趣去發展吧！無論受傷或是跌倒～我永遠都會站在妳的後面支持妳的，因爲我們是家人啊！」說到最後一句，我的手臂還不自覺地抬了起來，好像要帶領彎彎一起呼口號。

對於能夠說出這麼漂亮的話，我眞的是萬分佩服我自己！但是彎彎卻在第一時間回報我一個充滿問號的疑惑眼神，刹那間我被打回原形，只好恢復平常的語調：

出書前..
阿巒!報紙上說
這是妳要出書嗎~!?
嗯
低調冷靜
字那麼醜也能出書喔!!
錯字又多!
見鬼了
……
出書後..
賣得不錯吧!!
嗯
妳要趁現在能賺多少
就盡量賺啊一
以後不紅了
……
講話很不中聽…

「不想畫圖也沒關係啊！了不起就跟老闆辭職，再換一個工作嘛！想不想賣菜或是來診所上班啊？」

彎彎依舊面無表情地說：「我又沒說要換工作，我只是不想在網路上畫圖，那又跟我的工作無關！」於是我再追問：「妳是說妳還是可以照樣領薪水嗎？」「嗯～當然可以領啊！」彎彎頭也不抬地說著。

因爲覺得自己太無厘頭了，於是我用「後退嚕」的方式慌張地離開彎彎的房間。

過了不久，出現了一位戴眼鏡、瘦巴巴、講笑話很冷的傢伙（自轉星球文創的黃俊隆黃社長）跟彎彎簽約，他準備幫彎彎出書。我當然知道這是喜事，我也爲彎彎感到高興，但是我又怕表錯情，而且我這輩子最漂亮的話上次已經講完了，所以我就不恭喜彎彎了！

又過了一小段時間，彎彎居然出現在電視上接受訪問，而且我在菜市場的朋友們似乎也都看到了，所有人都跑來恭喜我。這下子，我才知道深藏不露的彎彎眞的是成名了，遠遠超乎我的想像！

因爲彎彎的成功讓我又得意忘形了起來，所以在彎彎人生的這個重要時刻，身爲彎娘的我一定要講一段讓她終身難忘的經典勉勵話語，於是我又爲了這段台詞準備了一小段時間，我希望這回可以別再「後退嚕」了！

在那天晚上的良辰吉時，我又「飄」進彎彎的房間裡，我清了清喉嚨、像唸稿一樣對彎彎訓勉了起來。

「妳能擁有這樣的成就，媽媽眞的非常開心！不過妳要記住，我們沒有顯赫的家世背景，也沒有令人羨慕的耀眼學歷，妳只要做自己有興趣的工作，只要用心去做，就不怕失敗！」我字正腔圓、充滿感情地說著。

講到這裡，我的手臂又不爭氣地抬了起來，好像又想要牽著彎彎的手一起高呼口號！但是我還是特別克制了一下自己的可笑動作，因爲我知道接下來要講的結論更加經典！我一定要一氣呵成地講完！

「阿緯啊！人不可能永遠都在高峰，萬一那天從高峰上跌下來，那種感受一定

非常不好！所以此時此刻，妳千萬要記住！絕對不能驕傲啊！」把結論一說出口之後，我如釋重負地鬆了一大口氣。

結果呢～彎彎居然不等我喘氣，就像諜報人員一樣，非常冷靜又冷酷地對我說了一句：「**放心！我絕對不會驕傲的！不過我卻擔心妳會很驕傲？**」

彎彎這句斬釘截鐵的承諾的前半段讓我心頭上卸下了一顆大石頭，但是後半段卻又擺上一顆更大的石頭，彎彎簡直是看穿了彎娘啊！

因爲再度自討沒趣，於是我又「後退嚕」地離開彎彎的房間……

跑路笑話

我似乎天生就具備了喜感，自從十七歲那年，跟彎姨變成了好姊妹之後，我更是變本加厲地以搞笑見長。我與彎姨每次見到陌生人的開場白就是：「我們是雙胞仔（台語），我們沒什麼專長，只負責搞笑！希望給大家帶來點歡樂！」

因爲我太喜歡搞笑了，所以經常會研究要怎麼講話才會讓別人覺得好笑！後來我從某位冷面笑匠的身上學到了一招：「**認眞講笑話的女人最好笑**」，這招眞的很好用！只要我用正經八百的態度，然後表情嚴肅地講出笑話，通常沒有任何人可以招架！

不過十幾年前，我這招居然踢到了一個大鐵板，還讓我耿耿於懷長達十年。請容我回溯一下當時的故事吧！

當時我有一位好朋友，她跟我一樣，都是經常搬家的人。不過跟我比起來，她根本是小巫見大巫，因爲我的搬家次數鐵定比她頻繁，而且我搬家的距離也一定比她更遠！因爲我還曾經搬到台南去過呢！

某天，她很認眞地告訴我：「我又搬家了！我新家的住址與電話是……有空來我家坐啊！」因爲她表情非常認眞，所以我也用很認眞的口吻回問她一句：「妳一直在搬家，難道妳是在跑路嗎？」當然～我講的是笑話，我始終相信「認眞講笑話的女人最好笑」，我只希望她可以笑出來。

可惜她沒有笑，而且面無表情。雖然她沒有罵我，也沒有指正我說：「哼～這個笑話不好笑！」不過我內心還是暗暗擔心。果不其然，幾個星期之後，她新家的電話已經打不通了，因爲她又搬家了。我認定她被我那個難笑的「跑路笑話」激怒了，所以她這次搬家就再也不通知我了，而且從此就音訊全無、人間蒸發了。

這位朋友的無預警消失給我很大的打擊，這是我人生第一次覺得自己不好笑！我好像被施了魔咒一樣，對於講笑話這回事開始變得非常在意！我眞的不知道一個孿娘有時講話不經思考…

↖知道講錯話卻仍強詞奪理…

難笑的笑話居然可以讓一位朋友翻臉，所以人眞的要謹言愼行啊！尤其是講笑話時更要注意！

就這麼過了十年，正當我已經逐漸淡忘曾經講過如此難笑的「跑路笑話」時，某天我在街上閒逛等紅綠燈的時候，忽然看到一個熟悉的身影。定睛一看，發現她好像就是當初被我的「跑路笑話」氣跑的朋友。

不過紅燈的時間似乎太長了，等到綠燈亮時，她已經消失不見了！於是我就沿街尋找她，但是卻不見她的蹤影。所以我當下決定，乾脆去這條街的所有店面「挨家挨戶」地找她。但是這條街的店面實在是太多了！如果我每一家都進去，鐵定會花上不少時間。

正好這條街有一家專治跌打損傷的診所，於是我的第六感告訴我，她應該是走進這家診所。因爲一個人倘若太常跑路，一定會需要去看跌打損傷才是！（對不起～我的冷笑話癖又發作了！）

於是我走進醫院，跟櫃檯小姐詢問她的名字，果然～被我猜中，她眞的就在這家診所裡頭。我一見到她，眼淚都奪眶而出。我非常認眞地跟她表達我的懺悔之意，我很後悔當初說了這麼難笑的「跑路笑話」，讓她氣到不願意跟我聯絡。

這位朋友看我這麼有誠意，也很瀟灑地安慰我：「那件事情我早就忘記了，那根本沒什麼啦！」雖然我至今還是不能確定她當年到底是爲了什麼理由不跟我聯絡（應該85％是因爲「跑路笑話」吧？），但是她現在肯跟我講話，而且還給我電話與住址，眞的讓我感到非常開心！

因爲過去十年來，我的內心眞的是非常痛苦！感謝老天賜給我這個機會可以再度遇到她，讓我有解釋的機會，也讓我擁有可以再度被朋友接納的機會。因爲她的諒解，讓我的煎熬頓時雲開霧散。

所以奉勸各位讀者朋友們，講話眞的要注意！不要在無意中刺傷了別人而不自知！

講笑話更要注意！如果您講笑話沒讓別人笑，就已經夠丟臉了！如果還像我一樣把朋友氣跑，那更是無地自容啊！

淚光閃閃的佳評如潮

也不知道什麼原因？除了我之外的全家人居然都不會做菜，而且也不想學做菜！

彎彎算是我家的異數，她曾經三番兩次嘗試學做菜，我們甚至還一起去上過彎朋友的烹飪課，但是經歷過幾次石破天驚的超級大失敗之後，彎彎就完全放棄了烹飪，所以我家又只剩下我會做菜。

儘管我算是會做菜，但是老實說，我也不太常在家裡做菜。爲什麼呢？其實並不是我懶，而是我沒有動力。因爲我菜做得好吃，也沒人誇；做得難吃，也沒人嫌，全家如此得過且過的飲食哲學，我又怎麼會經常做菜呢！

每次到了端午節或元宵節..彎娘就很忙..

結果都是家人要解決好幾天..

不過逢年過節時，我可是瘋狂愛做菜呢！每年端午節，我都會拚著老命包粽子，就算忙得天昏地暗、幾近爆肝，我也是在所不惜！爲甚麼我會如此拚命呢？嗯~就是爲了「**佳評如潮**」這四個字。因爲我就是那種喜歡聽別人家讚美的話，做死也甘願的那種人。

因爲我每年包的粽子都是「佳評如潮」，所以隔年我一定會更加努力，好換得比往年更大規模的「佳評如潮」。不過端午節粽子對我而言，根本不算什麼！冬至湯圓才是我一年一度的眞正重頭戲，那種「佳評如潮」簡直跟南亞大海嘯沒啥兩樣！

大家都說我包的客家鹹湯圓眞的是會讓大家起立鼓掌的無敵好吃！而且我包的客家鹹湯圓還不只是「佳評如潮」，甚至是會讓所有人感動到「淚光閃閃」的「佳評如潮」喲！

因爲我的客家鹹湯圓眞的非常「感心」（台語）！我除了送給別人客家鹹湯圓之外，我還會貼心附上湯頭的所有材料，連青菜也會一併送上。有時我福至心靈，甚至還會幫別人準備好碗筷與煮湯圓的鍋子。如果可能的話，我還會附上一本彎彎的漫畫。

所以每逢冬至與端午之際，千萬不要找我，因爲我正在爲了「淚光閃閃」與「佳評如潮」熱血奮戰中。

不過我也不全是爲了「佳評如潮」才會下廚，有時「回饋鄉里」也是激發我做菜給大家吃的動力。就像市場裡魚販送我一條魚，我就煮好一鍋鮮魚粥來回饋給這位魚販；如果賣水果的攤販送我水果，我也會打好一壺果菜汁來回贈。因爲我覺得這種事情都是有來有往，如果您好心地送我魚，我就甘心地回贈您魚湯，這不是天經地義的禮尚往來嗎？

雖然我這種禮尚往來帶來很多快樂，也讓我在市場成爲一位大受歡迎的人物，但是我偶爾還是會陷入無法自拔的煩惱中。因爲經常會有人會送我一些奇怪的陌生食材，讓我左思右想，怎麼也想不出該變出什麼菜肴來回贈別人！

第三章　海綿寶寶式教育法

每個孩子都是我的老師。

威嚴不是那麼重要，

我們要一起成長到老。

放牛吃草，吐嘈到老

前年跟著彎彎去屛東縣潮州鄉參加簽書會時，在簽書會快要結束之前，我在外頭閒晃，突然被一位媽媽攔了下來：「彎娘，妳可以回答我一個問題嗎？」我想我長得如此平凡，跟彎彎的相似度好像也不大，居然還可以被別人認出來，所以我不免露出喜悅的表情！

就在我沾沾自喜時，這位媽媽急急忙忙地發問：「我的小孩既不聽話、又不念書，請問彎娘，我該怎麼辦呢？」天啊！這問題聽起來很簡單，但是要圓滿地回答眞的不簡單。於是我立即陷入了左右爲難中，不停地傻笑。

我想我也不能一直傻笑、半句話都不說，於是我急中生智地反問她：「請問妳會罵小孩嗎？」沒想到，這位誠實的媽媽居然回答我：「會！我當然要罵！不但罵，而且我照三餐罵。」

這下可好，被我逮到開示的機會了，於是我就不疾不徐地說：「妳不能罵小孩，妳要多跟小孩聊天，一定要用愛的教育！這樣小孩才會聽話、才會乖！」這位媽媽聽了之後覺得很有道理，不停地對我點頭稱謝。

當然～我居然可以講出如此冠冕堂皇的話，連我自己都佩服自己。但是這眞的不是場面話，是我的內心話。

無獨有偶的是：自從在屏東潮州被這位媽媽問完教育的問題之後，接下來我就一直在全台灣各地被問起類似問題，雖然我經常用「誤打誤撞」這四字箴言來輕描淡寫，但是我偶爾也會講出非常不錯的答案。於是就有位仁慈的媽媽跟我建議：「彎娘，既然妳那麼懂教育，那麼多人跟妳問教育的事情，那妳要不要寫幾篇有關教育的文章，或者出一本教育書呢？」

其實每次聽到過於恭維的建議，我也只能當成客套話來看待。但是某一天我不

小時候彎娘並沒有特別教育小孩

最多就是打小孩

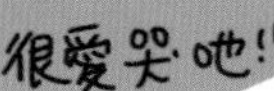

長大後也不會特別限制小孩

現在想想我沒去學壞真是太神奇了

知道哪根筋不對，突然拿這個問題跟大家討論，沒想到大家聽完後就笑了，而且笑得一發不可收拾，於是自轉星球文創的黃社長就說話了。

黃社長說：「其實彎娘來談教育，也未嘗不可啦！因爲我覺得妳的教育方式很像海綿寶寶，所以搞不好妳眞的有談教育的潛力！」不過我從沒看過海綿寶寶，所以我就逼黃社長說一個海綿寶寶笑話給我聽！黃社長就很認眞地跟我說了一個：「有一天海綿寶寶對大家抱怨：『我的脖子好瘦喔～請問有誰願意幫我按一下脖子呢？』不過大家卻傻了，因爲海綿寶寶根本沒有脖子！」

黃社長說的海綿寶寶笑話不太好笑，擺明在暗諷我，於是我的鬥志就被激起了，所以我打算在這本書寫幾篇有關教育的文章。

我的教育有很多準則，第一個準則就是「**放牛吃草**」。我的心中一直存在著一個農場範圍，孩子們的行爲不能超過範圍，只要不越線，孩子想做什麼，我都不會反對。不過我的農場範圍到底有多大呢？其實我也說不上來。總之，我希望他們不要跟我認知中的壞人一樣壞就好了！至於壞人的標準可能與時事有關，當新聞出現某個壞人的報導時，我就會告訴孩子們：「你們千萬不能像×××一樣！」

至於第二個準則就是「**以身作則**」，這就是「**身教重於言教**」的道理。我希望我在孩子們面前的一舉一動都值得他們參考、仿效，成爲他們學習的榜樣。

不過我必須坦承，「以身作則」眞的很難很難！因爲如果當父母的人不長進、不好好學習、自己不足以成爲孩子們的榜樣，這時又會淪落爲「**言教重於言教**」。

因爲我秉持不罵小孩的教育理念，所以當我想要「以身作則」，但是又事與願違、無法成爲榜樣時，我的孩子們就會立即「吐嘈」我、「端正我的行爲」。

或許您聽了我的教育理念之後，會覺得我的教育方式很瞎，當媽媽的人怎麼可以縱容孩子、讓他們沒大沒小地吐嘈，這樣豈不是一點尊嚴都沒有嗎？

我承認我的教育方式也許很瞎，但是這就是我的優點！當我知道是自己不好的時候，我絕對不會以媽媽的權威來阻止孩子們吐嘈，因爲當媽媽無法「以身作則」時，他們當然擁有「吐嘈」的權利。

也就是這個道理，所以我被孩子們吐嘈的時間眞的比我吐嘈孩子們的時間還多！換言之，我是一位被孩子們「**吐嘈到老**」的母親！

請務必相信我，讓孩子們吐嘈母親並不是一種對於子女的縱容，因爲我相信現

世報，我也覺得母親與孩子們可以「教學相長」，一同成長與學習。

某次我與彎彎去參加泰國書展，彎彎在台上說話時，說話說得非常不輪轉，而且也不得體。於是身爲母親的我，立即逮到機會吐嘈彎彎：「說話是很重要的！妳上台說話的場合這麼多，妳平常爲何不好好練習呢？像我雖然只是配角，但是我平常也會練習上台說話的技巧。」

當我吐嘈完彎彎之後的三分鐘，主辦單位居然邀請我上台講話，而我講得比彎彎還爛！而且是爛到不能再爛！我居然連十句話都沒講完，就面紅耳赤地說：「謝謝大家。」最慘的是：我連對方老闆的名字都講錯！

可想而知，我一下台之後，彎彎就開始對我進行「瘋狂大吐嘈」，但是我也不會生氣、也不敢生氣，因爲這就是我的教育原則：「以身作則」，當我自己也做不好時，我就要有接受孩子們吐嘈的雅量，如此一來彼此才有成長與進步的空間呀！

一斤與四兩

在彎彎還沒就讀小學之前，我就習慣用台灣俗諺來教育孩子們，我最常講的俗諺就是「**吃人四兩，還人一斤**」。

在我的認知中，「吃人四兩，還人一斤」就是代表「不要欠人情」！如果講得更清楚一點，就是「受人點滴，當湧泉以報」，因為別人幫你「四兩」的忙，你必須要還「一斤」的恩情。不過這個台灣俗諺有一個問題：小孩哪知道一斤與四兩的差別啊？所以我就說：「半斤八兩，一斤十六兩！」把這台灣俗諺簡化成為「別人幫你一個忙，你一定要『四倍』奉還」！

或許因為四倍的差距實在太大了，讓孩子們都嚇到了，所以從小他們就養成不

"大人是看情況守規則的"小時候的彎如此想著

欠別人人情的好習慣，也進而養成「獨立自主」的性格。

不過當孩子們漸漸長大，我突然發現我好像講錯了！因爲菜市場的朋友都習慣說：「**吃人一斤，還人四兩**」，跟我完全相反。大家的說法讓我不由得緊張了起來！難不成我從小就教育錯誤了嗎？

「吃人一斤，還人四兩」就是代表「禮尙往來，量力而爲」。如果你吃別人一斤，別人也許是純粹出自於一片好意，不求回報地想幫助你。而你也許眞的際遇不好，可能連半兩都還不出來。不過當你的狀況好轉時，你就一定要回報，如果你的能力並不許可，先還「四兩」也可以，這也代表你感恩圖報的心！如果連「四兩」都不願意還，那眞的是「占盡便宜、吃人夠夠」。

雖然「吃人四兩，還人一斤」與「吃人一斤，還人四兩」完全相反，但是兩種說法似乎都有道理，那不如將錯就錯算了！

也就是因爲我的孩子們從小就聽「吃人四兩，還人一斤」長大，所以讓他們養成「不要欠人情」的習慣。就像彎彎獲得這麼多網友與讀者的支持，這就代表她欠了很多很多人的人情，所以彎彎才會如此認眞，無論是漫畫創作或是簽書會，她一定是全力以赴，把自己最好的一面呈現出來，才不會辜負大家的默默支持。

直到今年，在一個偶爾的機會，我請教了一位大師，我這才發現「吃人四兩，還人一斤」與「吃人一斤，還人四兩」兩種說法其實都算對！只是我的版本比較罕見！不過這也無所謂，至少它讓我的孩子們養成「別人對你好，你要對別人更好」的好習慣，這也是好事一樁，不是嗎？

美好的惡夢

彎彎小時候眾所皆知地愛哭，尤其喜歡夜深人靜的時候哭。據彎彎表示，她是因爲做惡夢，並不是爲哭而哭。關於這個說法，我是半信半疑，因爲當時她還沒有記憶，怎麼會知道自己哭的原因呢？

後來彎彎愛做惡夢的毛病感染了全家，包括我在內，經常有家人睡到一半被惡夢嚇醒，雖然並不是哭著醒來，但是也毀掉了睡眠品質。爲了解決這個問題，於是我就爲孩子們來段海綿寶寶式的機會教育。

我告訴孩子們：「惡夢其實非常美好！比做美夢還棒很多！」或許您會覺得很扯，這個世界上眞的有人因爲做了惡夢而沾沾自喜嗎？有！就是彎娘在下我。

其實我的「美好的惡夢」還算不錯！值得寫出來自吹自擂，跟大家分享一下！

想想看，如果您驚醒之後發現只是一場夢，您就會想：「好加在，原來只是夢啊！」心情就會一整個大好。反之，如果做了超級棒的美夢，醒來之後卻發現只是一場夢，我的現實生活根本沒有那麼好！那您不會有失落的感覺嗎？

我的孩子們都非常能夠接受我的「美好的惡夢」理論，他們甚至連吐嘈都沒有！所以我家就變成那種「被惡夢驚醒後，還會哈哈大笑」的詭異家庭。

彎彎自幼就把我的「美好的惡夢」理論內化於心，久而久之，她就開發出另外一種類似的理論：「**以毒攻毒**」。

彎彎只要心情不好，就會做讓心情更不好的事情，好忘記之前讓自己心情不好的事情！所以彎彎非常喜歡看恐怖片，因爲她每次看完心情都不好，但是原本心情就不好的時候，看恐怖片反而能平衡情緒、「負負得正」，讓她早日脫離心情不好的陰霾。

因爲彎彎的「以毒攻毒」理論跟我的「美好的惡夢」理論有些異曲同工之妙，

所以我們母女兩人就教學相長，我也接納了彎彎的理論。

某天晚上我上傳部落格文章失敗，覺得非常懊惱！彎彎也在同一時間忘記存檔，將之前畫了數小時的創作心血放水流。我們的心情都糟透了，於是母女眼神對望，心有靈犀地微笑：「該是去租恐怖片的時候了！」

因爲我們是被網路惡整，所以出租店老闆建議我們租一片跟網路交友有關的恐怖片「致命約會」。我與彎彎都滿心期待，這部片可以讓我們心情大好。

結果，這部恐怖片根本是以片名與封面取勝，內容只能用「搥心肝」形容，整部戲的場景只有一個，都在鳥不生蛋的沙漠，而且男主角看起來比我還老，女主角則長得像男人。因爲節奏太慢，最後彎彎只好用八倍速快轉的方式把電影看完。

因爲這部恐怖片太爛、一點也不恐怖！所以我與彎彎的心情變得更糟糕了！這時我們又眼神對望，心有靈犀地說：「該去睡覺了，好好地做場惡夢，應該還比較實在！」

貴人與家人

我想，每個人的人生中一定有很多很多貴人！以我爲例，我花了十七年的時間等待彎姨接納我這個雙胞胎姊妹，後來在我的人生路上，彎姨幫了我很多忙，成爲我的大貴人。

像我年輕時候在賣菜之餘，還順便幫我的妹妹找丈夫，後來順利地把我菜攤老闆介紹給妹妹，促成一段眾人稱羨的美好姻緣。後來當我的人生路上偶爾遇到困頓時，我妹妹總是二話不說，立即伸出援手、挺身相助，所以我妹妹也是我生命中的大貴人。

或許您會覺得我舉例的兩位貴人都沒有什麼代表性，因爲他們都是我的家人，

彎娘講話總是會多講一句

理應幫助我、理應是我的貴人。不過這也是我一直想要表達的內心話：如果我們願意把周遭的人當成家人來看待，那麼我們的人生可能就會多出很多貴人！

從小彎彎就喜歡畫圖，也不排斥上班，除了想結婚、生子、當人妻之外，她最大的願望就是當漫畫家。不過她生活技能眞的太差，明明已經畫好厚厚一疊漫畫準備投稿，但是因爲不知道怎麼寄包裹，又不願意找我幫忙，所以後來就放棄了！

之後，她畫了一個比小時候畫的小叮噹還要簡單的、圓圓扁扁的光頭外星人，然後還把這個外星人當成是自己、取名叫彎彎，就這麼「誤打誤撞」地在網路世界中闖出名堂，她畫的MSN表情符號大受歡迎，她的部落格也是每天高朋滿座。

大家都認爲眾家出版社一定會強力追逐彎彎，捧她成爲人氣漫畫家，不過事情似乎沒有那麼美好。那時最積極的出版社是間一人出版社，雖然老闆長得很「臭老」，但是實際年齡卻非常年輕。雖然這位出版社老闆校長兼撞鐘，但是他依舊自稱爲社長。最重要的是：這位黃社長根本不在乎彎彎有沒有超人氣，他只在意他自己看中的價值罷了。雖然彎彎當時任職的公司已經快要倒閉，讓她即將成爲「下班

族」，但是黃社長卻認定彎彎的畫風非常貼近「上班族」。雖然彎彎生活白痴到連包裹都不會寄，根本稱不上是「現代人」，但是黃社長還是堅持彎彎的漫畫可以讓「現代人」放鬆、感到愉快。

因爲黃社長的判斷標準有點瞎，所以全家都很瞎的我們就覺得黃社長具有「家人」的特質。再者，黃社長眞的表現出最大的誠意，簡直把我們全家人都當成自己人看待，所以我們全家人也以禮相待！大家都是一家人，所以一切好說！一人公司少了助理、司機與保姆，所以我就自告奮勇當助理，彎哥也義不容辭地當司機。

就這樣，我們這群人成爲彼此生命中的貴人，這就是我想跟大家分享的「**家人就是貴人，貴人就像家人**」的道理。

寫到最後，我突然想到一件重要的事情，想利用這個篇幅小小地澄清一下：雖然我們把黃社長當成是家人，但只是指感情上囉！因爲我發現很多噗友都誤以爲黃社長是彎彎的男朋友，以後還搞不好變成女婿，這點讓所有相關人士頭痛萬分！

不過我也只能說這麼多，因爲我覺得做媽媽的人討論女兒的感情世界眞的是很失禮！

幸運也要更認真

彎彎的第一本書的書名叫做《可不可以不要上班》，而且封面還寫著一個喧賓奪主、比書名還大三倍的「眞的很瞎」大字！我覺得這個書名有點不妥，雖然「可不可以不要上班」是我們家全體成員的內心話，但是我們膽子小，只要沒被裁員，一定會上班到天荒地老。就像我目前每週一至週五，還是會準時去診所報到。

彎彎也覺得這書名「眞的很瞎」，煩惱了好一陣子。因爲她並沒有不上班的念頭，雖然任職的公司已經快倒了，但是她還是會堅持到鐵門拉下來的那一刻。

後來彎彎的公司眞的倒閉了，眞的很瞎的那本《可不可以不要上班》也意外大賣，這下子彎彎就眞的不用上班了！不過我們家並不太習慣有人不上班，所以彎彎就開始分析起自己爲何不用上班的理由。

彎彎眞的比別人好嗎？答案是不。彎彎眞的比別人更認眞嗎？答案也是否定的。彎彎眞的比別人更幸運嗎？答案卻是全家人一致認同、點頭如搗蒜的肯定句。既然彎彎不用上班的原因是出自於她比別人更幸運，那麼該如何維持這種幸運呢？於是身爲母親的我，終於輪到出場致詞的時候：「想要幸運，妳就要竭盡所能地更認眞！除了黃社長之外，妳也要把所有支持妳的讀者當成是家人來看待！」

說歸說，彎彎到底會不會這麼做，那就要看她自己了！彎娘能幫上的忙不多，大概只能在旁邊喊喊加油，用堅定的勉勵眼神注視著她罷了。

後來的五年，彎彎眞的如我所願做到了。雖然她是下港有名聲的拖稿大王，但是她的確非常認眞地把讀者朋友當成家人來看待。每一場簽書會，我總是看到彎彎的臉上充滿笑容，對讀者的要求都是有求必應，只要是任何可以畫圖的東西，彎彎都願意幫讀者作畫。而且彎彎把書拿給讀者的鞠躬動作眞的很有誠意，特別讓我感動！所以我給彎彎一百分！

簽書會平均是四小時，彎彎就坐在那裡、馬不停蹄地幫讀者畫圖，也從不喊

請問有賣彎彎的書嗎?
抱歉,賣完了吔~進貨量不多..
是喔~聽說
很好看吔~
對啊~我也很喜歡
其實我是彎娘啦~~
!!
哈哈哈
……
低調的彎彎
高調的彎娘..

累，臉上也永遠掛著笑容，非常敬業地跟所有讀者話家常、合影。我覺得這已經超過「家人」的規格了，身爲彎彎「最資深家人」的我，平常就只能看到彎彎熬夜畫圖、疲憊不堪的倦容，而且彎彎伸懶腰、大呼「好累」時，尾音可以拉長到十秒鐘以上。

因爲彎彎始終不覺得自己是正妹，所以她很認眞地學習化妝，看看能不能勤能補拙，自己的模樣不至於讓讀者朋友太失望！所以彎彎這幾年已經練就隨處化妝的好功力，絕對不會因爲太匆忙，而把眼影畫在額頭上。

就算簽書會結束後回到飯店，她也會忙著製作部落格，每天都要忙到凌晨三、四點，彎娘我都不知道已經睡翻了好幾輪。總之，彎彎的認眞遠超過我的想像，當初我隨口一說的勉勵話語，彎彎居然悄悄地實現了。

雖然彎彎是我生的，但是看到女兒如此認眞，做媽媽的我能夠不感動，不以她爲榜樣來學習、來效法嗎？所以在二〇〇七年，因爲經歷一場大車禍而行動不便的我，還是堅持要參加彎彎的台南簽書會，因爲我想好好地當面感謝讀者朋友對於彎彎的支持，希望大家能夠分享彎彎的幸運，開開心心地過日子！

第四章　跟著彎彎趴趴走

因為有了孩子，

可以不斷挑戰人生的第一次。

旅程才正要開始！

我就是愛跟

五年前，當彎彎跟自轉星球文創合作出了第一本書《可不可以不上班》之後，積極有爲的黃社長就幫彎彎安排了一連串的簽書活動。因爲當時自轉星球文創只有一名員工，正好就是黃社長本人（不然呢？），而且大部分活動都不在台北舉辦，有時甚至需要在外地過夜，所以身爲母親的我就覺得彎彎與社長兩人孤男寡女的，實在不妥。於是我打從第一場活動開始，就下定決心全程奉陪，彎哥也義不容辭地主動擔任司機、保鑣與攝影師。

因爲我們全家都把黃社長當成是自己人，自轉星球文創才剛草創、物力維艱，所以我們情義相挺，能幫多少就幫多少！

後來隨著自轉星球的規模越來越大、員工越來越多，而且也出現了女性員工。理論上，當初我所擔心的「孤男寡女」問題已經不復存在了！但是我卻樂不此疲、執意全程參與。於是市場裡的魚販與菜販就發問了：「妳眞的這麼愛跟嗎？妳眞的不怕被彎彎嫌煩嗎？」

關於這個問題，其實不只是魚販、菜販這麼問，連賣水果的阿伯與雜貨店老闆也紛紛表示好奇。雖然我不敢正氣凜然地回答：「怎麼樣！我就是愛跟！」但是我還是把這問題擱在我的心頭上。

我有事沒事也會問我自己：「彎娘呀～彎娘，妳眞的這麼愛對路，眞的有必要全程參與嗎？」不過連我也不敢給我自己答案。

我總不能說因爲我是彎娘，所以我就是要跟吧？不過我又想到我在這些活動上，我能爲彎彎做些什麼？能爲黃社長做些什麼？我總不能一點貢獻都沒有，成爲一個單純愛跟的無用媽媽吧？

雖然我的職業是護士，理論上，我應該非常細心才是！但是打從第一場簽書會開始，我就不停地打翻水、碰倒文具、把所有能夠撞翻的東西全部掃地。所以光就

每次彎簽書會時彎娘總是在台下很忙碌
像小蜜蜂般
鑽來鑽去
有些人會不明事理
誰??
?
誰啊?
我是彎娘啦~~
哨
然後下面就辦起小型簽書會
....
......看得出來想紅...

這點，我眞的似乎沒有任何貢獻。

雖然我是彎彎的媽媽，理論上，我應該要好好照顧彎彎，而且要以媽媽的角度來「敦促」彎彎，不可以得意忘形、不可以驕傲。但是我那天生的迷糊性格，讓我根本照顧不了彎彎，而且還要勞駕工作人員騰出時間來照顧我呢！再者，我也沒「敦促」到彎彎，因爲正如彎彎所料，眞正得意忘形的人似乎是我，根本不是她！

光就以上兩點，我的貢獻度就得了兩個大鴨蛋，但是我爲何現在還是「依然故我」地跟著彎彎出席簽書會、參與各項活動呢？嗯～答案就是我終於找到了我的貢獻。

在彎彎的簽書會上，我就是眞實版的漫畫人物。因爲我是彎彎漫畫裡頭的**第一女配角**，所以當我出現的時候，很多書迷就會露出在迪士尼樂園看到米老鼠或是唐老鴨的興奮表情，紛紛搶著跟我說話與合照，這是我第一個貢獻！

再者，彎彎的兒童讀者很多，而且多半都是父母陪伴前來。但是這些家長並不在乎彎彎是方方還是尖尖，總之，只要排隊或久候，他們都會露出非常不耐煩的神情！所以這時我就會擔任親善大使的角色，跟家長們聊天、賣力安撫家長們的情緒。當我安撫成功，讓他們對彎彎產生了極佳的好印象，我就得意忘形地「適時」自我介紹：「我就是彎娘！請多多指教！」所以這就是我第二個貢獻！

至於第三個貢獻呢？對不起～我已經想不出來了！不過我想既然我已經擁有兩個貢獻，應該就足以獲得免死金牌了吧？

總之，我是彎娘，我就是愛跟，只要我有時間、我還有力氣，您就會在彎彎的簽書會上看到我囉！

難忘的環島簽書會

二○○八年的七月二十七日至八月十日，是我人生最難忘的一次旅行，因為當時彎彎部落格瀏覽人次突破一億六千萬人，而且還要出版第四本書，所以自轉星球的黃社長為了慶祝這種種的幸運，就安排了一場史無前例的環島簽書會，答謝全台灣所有讀者。於是，我們一群人就踏上了這次難忘的旅程。

這次行程除了時間最長、規模最大之外，黃社長還找了一位隨行攝影師，把為期十五天環島簽書會的點點滴滴都記錄下來，日後將會成為一部影片。雖然我們全家都熱愛拍照、也喜歡演戲，但是面對攝影機鏡頭時，仍然不免緊張害怕。

我們此趟環島簽書會行程有七位夥伴，除了我的家人之外，我有三位沒見過，分別是攝影師誌鈺先生、打理一切小姐——棋子，以及司機老大。剛開始我們還不大熟，不知道該說些什麼，但是第二天所有人就打成一片，像家人一樣親密了。

攝影師誌鈺先生非常厲害，他手上扛著攝影機與照相機，總是在神不知鬼不覺中，捕捉住我們的每一個小細節，所以我經常會忘記露齒而笑，眞是傷腦筋！打理一切小姐是我此行最感愧疚的夥伴，她明明年輕貌美、比我小二十幾歲，但是讀者經常誤把她當成我。雖然這一連串的烏龍事件讓我沾沾自喜，但是棋子應該是滴血在心裡，所以最後我就養成「不打自招」、主動承認我是彎娘的好習慣。

每一場簽書會都很像同樂會，讀者們都好熱情，在等待的時間，都把彼此當成是朋友、聊了開來。有時讀者還會主動秀一段搞笑表演，把現場所有人都逗得笑呵呵。不過除了工作之外，我們也去了很多地方遊玩。這時我才大開眼界，台灣原來這麼棒，有這麼多不爲人知的好玩地方！

此趟行程，我們一行人大概拍了近萬張相片，彎彎忙著拍搞笑相片，彎哥忙著拍彎彎部落格更新要用的相片，我則忙著跟讀者合影留念、拍「到此一遊」的相

片，黃社長則偶爾會特別拍活動現場的正妹相片，至於攝影師誌鈺則會把我們拍照的怪樣子全部記錄下來。

環島簽書會的重頭戲就是彎彎的生日，這是彎彎生平第一次跟讀者朋友一起過生日，場面眞的非常感人！原本以爲彎彎會喜極而泣，結果彎彎沒哭，素有硬漢之稱的黃社長居然哭了。而身爲名聞遐邇愛哭鬼的我早就感動到不行，躲進廁所裡大哭特哭。

總之，那十五天是我人生最難忘的一次旅行，因爲值得回憶的事情實在太多、太瑣碎，我想表達的感動與感謝也太多！所以我只能寫到這裡，我的淚腺又發達了，請容老身暫時告退一下吧！

我與泰國的前世今生

小時候彎彎喜歡跟同學聊一個非常有趣的話題：「每個人這輩子第一次去的國家，代表他的前世就是那一國人！」雖然我覺得這論點有點荒誕不經，但是每回看到彎彎每次聊起這話題的開心表情，我也不由得陪著彎彎一起「認眞」了起來。我那時一直想著：「如果我能幫我的孩子們選擇一個前世有多好？」

當年我已經在診所服務了好幾年，我不但在工作上得心應手，還認識了兩位外籍好朋友，她們一位是泰國人、另外一位是新加坡人。因爲她們的中文都講得很好，所以我們才有辦法結爲好友。

後來這兩位好友因爲工作之故而離開台灣，不過我們還是會魚雁往返。她們一直邀請我帶孩子們去造訪她們的國家，正好當時家裡經濟狀況已經改善了不少，所以我終於可以帶孩子們出國旅遊。不過爲了尊重彎彎的前世說，所以我很認眞地讓孩子們自由選擇前世，看看他們這輩子第一次出國最想去什麼國家？結果孩子們都希望去新加坡，於是彎彎與彎哥的前世就成爲新加坡人了。

如果按照彎彎的說法，我應該是韓國人才對！因爲我第一次出國就是去韓國，但是那次安排旅遊行程的旅行社出現重大錯誤，讓我跟二姊全家人都敗興而歸，成爲不堪回首的回憶。

如果認眞來討論我的前世，我覺得我前世應該是泰國人，因爲很多人說我長得很像泰國人，去菜市場買菜遇上泰勞，他們幾乎都會一見如故地跟我說起泰文來。而且我的服裝風格一向都走泰國風，也難怪泰國人一直把我當成老鄉。

說實在話，我眞的非常喜歡泰國，所以泰國也是我最常造訪的國家。我喜歡吃泰國菜、喜歡泰國人講話的聲音，更喜歡泰國人「雙手合十、半蹲一下」的問候方式。而且泰國人都很熱情，每次泰國簽書會，看到熱情洋溢的泰國讀者，那種感覺很奇特！有種說不出的熟悉感，所以我認定我的前世是泰國人。

儘管這樣，但是我在泰國鬧的笑話也最多，眞是對不起泰國的鄉親父老啊！而且最該死的是：我已經去了泰國不下十次，但是我永遠都會忘記泰國跟台灣有一小時的時差！所以我每次跟泰國朋友約早上六點鐘見面吃早餐，總是會在清晨五點鐘出現，因爲苦等不到朋友，只好去飯店附近閒逛，一逛就會忘記飯店在何方？所以我對於泰國清晨的記憶永遠都是「迷失的流浪狗」。

難不成，我的前世不是泰國人，而是泰國的狗狗嗎？

早在很久很久之前，彎彎與彎哥就一直跟我說世界搞笑之都的故事，我那時還很意外，世界上眞的有以搞笑聞名的城市嗎？

彎彎口中的「世界搞笑之都」指的就是日本大阪，她說大阪眞的很好笑！每個大阪人講話的腔調都很像搞笑藝人，而且大阪的建築物也很好笑，店家都習慣賣什麼東西、就放什麼招牌。例如：賣魚的就在門口放魚的塑像、賣螃蟹的就放隻大螃蟹，就算賣中國拉麵的店也會懸掛一條大龍在樓頂。

另外大阪到處都是賣搞笑用品、惡作劇玩具的店家，而且搞笑藝人在街上隨時可見。據說日本最有名的搞笑經紀公司——吉本興業就是從大阪發跡。

託彎彎的福，大阪環球影城邀請她與知名設計師蕭青陽先生一起合作，所以我們全家人就一起踏入了世界搞笑之都！我們此行的重頭戲就是：大阪環球影城。原本我覺得我這麼老了，怎麼會喜歡遊樂場呢？但是一走入環球影城之後，眞是處處充滿驚喜！我們玩盡了所有主題館，眞是太好玩、太有趣了！

每次我與彎彎趴趴走，都是擔任漫畫人物或是親善大使的角色，很少以充滿母愛的媽媽形象出現，但是這次來到大阪環球影城，我居然母性大發，眞的很像是一位好媽媽！

因爲我的膽子算是不小，任何刺激的玩樂都難不倒我！所以感覺上不會怕雲霄飛車的彎彎、彎哥或是自轉星球的黃社長，上了雲霄飛車之後，個個是緊閉著雙眼、手心冒汗，這時我就抓住他們的手，發揮我的母愛來保護大家！

某晚蕭青陽大師的妹妹當東道主，帶我們去大阪道頓堀吃日本美食，我們特別選了一個造型最特別、最搞笑的餐廳吃飯。這家餐廳是螃蟹料理專賣店，招牌就是一隻正在搞笑的活潑大螃蟹模型，店裡擺飾也是處處顯露大阪搞笑本色，眞的非常

有趣！

吃完豐盛的螃蟹之後，餐廳還會送給客人一個螃蟹頭套，希望客人可以把它戴在頭頂上。雖然每一位拿到頭套的大阪人都會順手戴上，但是我們眞的不好意思戴！不過我家的搞笑大將——彎哥經過大約十五秒鐘的思考後，他不但戴上螃蟹頭套，還沿街大喊：「卡尼卡尼（日文的螃蟹）！」完全融入大阪的搞笑文化。

不過對我而言，我覺得大阪似乎不只是搞笑城市，它應該也可以稱得上是帥哥城市！因為大阪街上到處都是打扮帥氣的年輕人，而且人都很好，很多人會用非常溫柔、體貼的語調來跟我搭訕。正當我以爲自己魅力不減而沾沾自喜時，理智的彎彎立即澆熄我的美夢，因爲那些溫柔的年輕人都是**牛郎**啊！

每次跟彎娘出門..
待會要走很多路吧
不要穿那麼難走的鞋!
不會啦~
結果都是..
我腳好痛喔~
就說了吧!!
跟我換鞋子啦!!
彎彎當天的腳
水泡
水泡
水泡
......
但下次還是...
吼~不准穿!!
咦?
為人兒女的命...

我與大雄的共同專長

跟著彎彎趴趴走之後，我除了變成眾所皆知的愛哭鬼之外，我的睡眠狀況也變得十分詭異，幾乎可以稱得上是傳奇故事。

其實我全家人睡眠一向不正常，三個孩子都是夜貓子，就算隔天早上要上班，他們也是東摸摸、西摸摸，就是不願意早點上床睡覺。不過身為母親的我，眞的也不好唸他們什麼！因為我自己也是非常容易失眠的人。尤其是學會上網之後，我的生理時鐘更是混亂不堪！

我睡覺通常是淺眠，所以我不敢喝咖啡。不過有咖啡因的飲料不只是咖啡與茶而已，像我最愛的巧克力也含有少量的咖啡因，所以我晚上只要「貪杯」偷喝幾口巧克力，大概就會失眠到兩、三點。

反正失眠症已經困擾我幾十年了，所以我也慢慢認命。但是自從跟彎彎南征北討、環島、出國、參加簽書會之後，我才發現我並不是失眠症，原來我也擁有跟大雄一樣的潛力。

對了！大雄就是漫畫小叮噹的主人翁，他跟我一樣都沒什麼專長，他最拿手的只有翻花繩與五秒鐘睡著。

第一次與彎彎在外地過夜，我就已經發揮這種快速入眠的特異功能。記得那時我在房間裡頭跟彎彎與工作人員聊天，但是聊著聊著，我只覺得他們聲音似乎越來越小，後來就不知道他們到底在講些什麼了。第二天彎彎才跟我說，我五秒鐘睡著的那一瞬間還在講話，但是只講了前幾個字就開始打呼了。

原本我認爲彎彎在逗我開心，一個長期失眠的人怎麼跟不朽的大雄相提並論呢？不甘心的彎彎於是開始幫我做「睡眠全紀錄」，有時是錄音，有時是拍照，種種證據都顯示我的確有五秒鐘睡著的能力，我眞的跟大雄沒啥兩樣。

當謎團被解開之後，我也養成只要在外地睡覺就會快速入睡、而且一夜好眠的好習慣。但是當旅途結束回到家裡之後，卻依然故我，還是那個光喝巧克力牛奶就會失眠的媽媽。

爲何在我身上會出現這種天南地北的差異呢？我想應該是心情吧！當媽媽的人在家裡總是擔心這、擔心那，自然會神經緊張、難以入眠。但是去外地參加簽書會，每天都非常開心，心情一片大好，所以才能睡得這麼好，發揮出「五秒鐘入眠」的絕技。

但是彎彎也不是一天到晚都有簽書會，我也不可能每天跟彎彎趴趴走啊！那我的失眠症又該如何解決呢？於是我想到了彎姨。

我每次去彎姨家，她都會把我照顧得無微不至、任何事情都不需要我操心，讓我的心情跟彎彎簽書會時一樣地放鬆。雖然我在彎姨家未曾發揮出「五秒鐘入眠」神功，但是總是可以睡得很好。

所以爲了解決我的失眠症，這兩年來，我每個週末都固定要跑去彎姨家作客。儘管一個星期只有星期六不會失眠，但是我已經非常滿足了！

自從跟著彎彎趴趴走、參加國內國外無數的簽書會之後，我的人生變得多采多姿，但是卻出現一個非常嚴重的後遺症，我居然成爲一個眾所皆知的愛哭鬼！

我想這也也不能怪彎彎、黃社長或是簽書會，因爲這搞不好是一種巧合，因爲彎彎開始密集參加簽書會時，我也年過半百。我年紀越長，似乎就越容易感傷。對我而言，離別是最讓我感傷的事情，任何人只要和我相處幾天之後，當面臨離別之際，我的淚水就會像潰了堤的河水，一發不可收拾。

因爲彎彎的簽書會之故，所以我有機會可以認識很多朋友，包括書迷、書迷的家長還有各地的工作人員，大家對我非常非常好！讓我眞的非常開心！

或許就是大家對我太好了吧！所以過去五年，我一直是一個愛哭鬼。有時看到彎彎的書迷們爲了等待她的簽名，在太陽底下曝曬，我就會感同身受，然後不由得哭了起來。

有時明明沒太陽、沒下雨，簽書會活動完全在室內進行，但是看到書迷大排長龍地排隊，幾乎都要等兩個小時以上才能看到彎彎，這時我的心也會突然揪了起來，然後眼淚又不爭氣地流下來了。

我最常哭的場合就是海外簽書會，無論是中國、香港、泰國、馬來西亞、新加坡的簽書會，當地出版社都是盛情款待，工作人員都對我非常好，把我照顧得像皇后娘娘一樣。所以當我們結束簽書會、要回台灣的前夕，我就會陷入一種深沉的感傷情緒中，然後一直哭個不停，讓所有人都很錯愕。

因爲我的愛哭已經快要成爲彎彎簽書會的固定戲碼，所以有時我也很不好意思，當發現自己「非哭不可」時，我就會躲起來，不讓別人看到我哭泣的模樣。

至於我哭得最厲害、最讓人印象深刻的一次是發生在泰國，我還記得當時與彎彎參加泰國出版社的晚宴，席間有我最欽佩的陳董事長，而且在場還有攝影師，準

彎彎的某本新書請了彎娘寫序

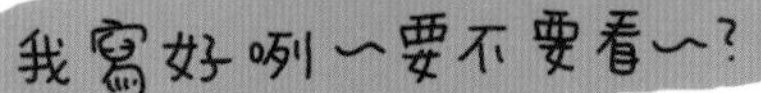

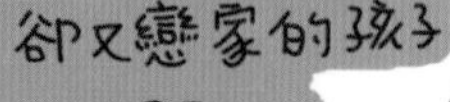

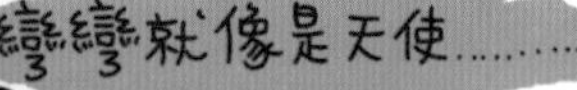

備隨時捕捉我哭泣的畫面。

因爲我知道每個人都預期我會哭泣，所以我刻意表現得非常堅強，一直都露齒而笑，就在我跟陳董事長敬酒時，我才說了一句：「我與彎彎都要向您多學習！」話一說完、酒都還沒飲盡，居然就莫名其妙大哭了起來。因爲我從笑嘻嘻轉換成哭兮兮的時間不到三秒鐘，所以攝影師也反應不過來，來不及拍下那個珍貴鏡頭。

不過最讓我生氣的是：彎彎居然在二〇〇八年環島簽書會時提議大家玩一種叫做「彎娘三秒哭」的遊戲，而且每個人都熱烈響應。

這種遊戲要怎麼玩呢？就是每個人對我講一句感性的話，看看我會被那一句感動。於是他們開始「感性話大接龍」，但是我都不爲所動。正當我以爲即將通過「彎娘三秒哭」的遊戲考驗時，平常很少講話的攝影師——誌鈺大人突然開口了，他語帶感情地對我說：「彎娘，我們環島簽書會結束之後，碰面機會就越來越少了，也許這輩子就再也見不著。」他話還沒說完，我的眼淚就奪眶而出。

不過呢～這個珍貴的「彎娘三秒哭」畫面並沒有被拍攝下來，因爲把我逗哭的人就是攝影師本人，他忙著在說感性的話，根本來不及打開攝影機。

最難忘的母親節

不知道是因爲我太謙虛、還是彎哥生日經常與母親節撞期？以前我家不會過母親節，唯一記得母親節的孩子只有彎彎，她小時候每年都會畫一張母親節卡片送我，但是我半張也沒保留。

隨著孩子們長大、進入社會工作之後，我家才開始歡度母親節。不過爲了省錢起見，母親節總是與彎哥生日合併在一起，所以我對母親節依舊沒有深刻印象，我只記得某次彎彎與高采烈地請我去吃母親節大餐，結帳時發現錢包沒帶。

我最難忘的母親節則是二〇〇七年的母親節，當時我才剛經歷過一場車禍，右手嚴重骨折，兩個多月不能工作。

幸好我的孩子們都很貼心，當我躺在病床上痛不欲生、成天唉唉叫的那一個月，他們都會來醫院照顧我、安慰我、講笑話給我聽。那時彎彎還特別問我一個問題：「妳生我比較痛？還是骨折比較痛？」「生小孩比較痛！」我想也不想地回答。

我的答案讓彎彎感觸良多，不但回家之後立即在網路上呼籲網友們「愛要及時，要聽媽媽的話！」，她還送我一個別開生面的母親節禮物。

萬萬沒想到，彎彎居然要在母親節當天帶我去走秀，而且還是佩戴著名貴珠寶、跟著名模一起走秀！這眞的是一個非常特別的母親節禮物！

爲了這次走秀，彎彎還特別花錢帶我去打肉毒桿菌，千方百計地希望我變得更美，眞是個乖女兒！不過也不知道怎麼搞的，我猜大概是施打的劑量及部位不當吧？讓彎彎的好意弄巧成拙，我的眼瞼下垂，變成了鳳眼。

當然我也不好意思責備彎彎，畢竟這是她的一片心意！反正我想我只要還有「露齒而笑」的招牌表情應該就足夠了吧？不過隨著母親節走秀一天一天地接近，我還是不免緊張了起來！因爲我又不是扮演不巧路過的路人甲，總不能隨隨便便在伸展台亂走一通吧？

當我還住院的時候，就已經開始展開特訓計畫，發誓一定要把台步練好。爲了愼重起見，我請彎彎跟主辦單位借了當天走秀的音樂，讓我可以在醫院裡邊聽音樂邊練習。

那時我的特訓方式就是照著醫院地板的指標走直線，但是事情似乎沒那麼單純！因爲我發現我連走直線都會走得歪七扭八。不過練習了幾天之後，似乎也漸入佳境。這時彎哥鼓勵我更上一層樓，建議我在頭上頂一本書來練習。當然~我也欣然接受這個建議，效果還算不錯！

到了母親節那天，沒啥練習的彎彎居然台步走得還不錯、效果十足，贏得滿堂采！所以我想彎彎哪天如果不想當漫畫家的話，應該可以考慮改行當「麻豆」！至於經過多日特訓的我，卻表現得一塌糊塗。我彷彿被下了「定身咒」，手腳完全無法伸展，動作就如同小朋友在玩「一二三木頭人」一樣，如果再配上我被肉毒桿菌打壞的鳳眼，那眞的是笑果十足！

儘管我的台步走得很爛，但是我還是非常喜歡這次的母親節走秀活動，因爲除了讓我大開眼界、擁有人生第一次當麻豆的經驗之外，我還認識了一位有如天使般的大美人——林又立小姐，她不厭其煩地指導我如何走台步，還義務幫我化妝，讓我那好笑的鳳眼看起來不會太有喜感！對我而言，這眞是最難忘的母親節啊！

貴氣逼人的彎娘母女檔！

第五章　當我們彎在一起

喜怒哀樂都有你陪伴，

永遠驕傲地承認，我們是一家人！

趴出真感情

在著手這篇文章之時，我哭了好幾十回，無論我怎麼哭，似乎都無法宣洩出我的感情！但是我哭著哭著，居然發現一個奇妙的巧合。我從小到大，無論是家人對我或者是我對家人，幾乎都要用「趴」這種動作，才能表達出最濃郁的親情來，眞的可以稱得上是「趴出眞情意」！

舉例來說，彎彎小時候一定要「趴」在我的肚皮上才不哭、才肯睡覺。所以讓彎彎趴在我身上，就是身爲母親的我所能表現出來最大的愛。

等到彎彎長大之後，她也是讓我「趴」在她的床上，教我上網、拿飲料給我喝，放英文老歌給我聽，偶爾還會幫我按摩，把我照顧得無微不至。所以，我們母女都是用趴來表達彼此的感情。

當然我也知道無三不成禮，我生命中印象最深的「趴」，就是我的父親所給予的！雖然他是我的養父，但是他把我照顧得無微不至，從來沒把我當成養女看待，所以我當他是我永遠的父親。

我的父親是一位不苟言笑的嚴父，小時候，他喜歡讓我趴在他的腿上、幫我掏耳屎；有時讓我趴在他的肩膀上，然後幫我剪腳趾甲。總之，在我的記憶中，只要能夠讓我趴在父親的身上，那就是我最幸福的時光。

雖然我的父親對我非常好，但是老實說，我眞的是個不肖女！我對他眞的不好！雖然我沒有學壞、也沒有走上歧途，但是我始終渾渾噩噩過日子，而且沒事就愛跟彎姨比，才二十歲就把自己糊里糊塗地嫁掉了。爲了我的婚事，我的父親煩惱了很久很久，但是他也從未斥責過我，也尊重我的決定。他這輩子從不要求我回報，只要我能夠過得幸福、美滿，這就是他最大的安慰了！

某年閏五月十六日，體壯如牛的父親突然心臟病發作、住進了醫院。當我匆匆

忙忙趕到醫院時，已經是父親在人世間的最後一刻。

當時的父親已經陷入重度昏迷，無法言語。但是他還是強忍住最後一口呼吸，想要讓我有機會見到他最後一面。

我知道彌留的父親已經聽不見我的聲音，也看不到我淚流滿面的臉龐，我不知道在此時此刻應該如何跟父親表達出我對他的愛。儘管悲傷的我當時腦筋陷入一片空白，但是我內心還是湧上一個奇異的念頭。

我突然想起父親從小讓我「趴」在他身上，幫我剪腳趾甲的美好往事。於是我當下決定趴在父親的身上，輕輕地告訴他：我眞的好愛好愛他。然後我跟醫院的護理人員借了一把指甲刀，我開始幫父親剪起了腳趾甲。我一邊剪一邊哭，希望父親此時還能有知覺，知道自己的女兒正在爲他剪腳趾甲，就如同當初他爲寶貝女兒所做的一切。

幫父親剪完腳趾甲之後，父親大概是知道了，所以他就嚥下最後一口氣，離開了人世。

雖然父親已經往生了非常久，但是我對他的愧疚卻永遠揮之不去！當時我一直有那種「等父親爸爸老了或是生病了，再來好好孝順他」的念頭，誰知道我根本還來不及盡到孝道之前，他就這樣走了，這眞是我心中永遠的痛！

親情是無價之寶！只要我們抽出一點時間，關掉電視或電腦，多陪陪家人，就能珍惜每個與父母相處的機會。如果各位讀者朋友不希望發生像我一樣的遺憾，您應該多訓練自己勇敢說出心中的愛，這眞的沒什麼好丟臉！只要有機會，就和父母、兄弟姊妹來個熱情的擁抱吧！千萬別害羞！

能夠讓家人感受到自己的關愛才是最幸福的家庭！「愛不能等、愛要及時」，各位千萬別像我一樣後悔莫及呀！

女兒的豬腳

在文章開始之前，彎娘先爲大家上一堂民俗課。

農曆每隔兩、三年就會多出一個閏月。至於閏是閏幾月呢？通常跟節氣有關！每次閏月幾乎都是十九年或十年一輪。我印象最深刻的閏月就是「閏五月」，這是一個最不受歡迎、最不吉利的閏月！因爲農曆五月本來就被大家稱爲「毒月」，所以「閏五月」更是毒上加毒！

因爲台灣民間習俗認爲嫁出去的女兒能夠回娘家孝敬父母，跟「閏五月」一樣可遇不可求，久久才來一次，所以每逢「閏五月」，嫁出去的女兒就要送豬腳麵線給父母添壽。如果沒空煮豬腳麵線，或是嫌自己做的豬腳麵線難吃的話，也可以用

紅包與打金牌代替。

不過閏五月長達一個月，到底哪一天最適合送豬腳麵線呢？報紙上說農曆閏五月十五日是最適合的一天，除了可以爲父母添壽之外，還可以爲自己帶來財運。

上上次的閏五月是讓我終生難忘的閏五月，因爲我記得當時閏五月的傳說非常轟動！連我去菜市場買菜時，都會有不少熱心的攤販會耳提面命地提醒我：「一定要煮豬腳麵線給父母吃！千萬別忘囉！」

其實我煮的豬腳麵線非常好吃，而且當時我住的地方跟我父母家的距離也不算太遠，大概一個多小時的車程就可以到達。當然～我也知道我父母對我恩重如山，我理所當然要煮鍋豬腳麵線回家爲老人家添壽。

不知道是什麼原因？是我工作太忙，還是我太懶？或者是我一直認爲我老爸跟牛一樣壯，老媽也跟母牛一樣壯，而且他們平常似乎對民間習俗不以爲意，所以想說就算沒煮豬腳麵線回家，父母應該也不會計較吧？

事情就是這麼不巧！那年農曆閏五月十五日，我因爲工作太忙，居然沒跟診所

彎娘很愛講些負面的話..
我不在家
你們比較開心吧..
....
折衣服中
活這麼久,你們只會覺得煩吧
等我老了,你就把我悶死好了
我會被關啦!
我會跟警察先說好
乏最好是啦!
老講這種話
很煩吔~!!
是要我們回答
肉麻感人的話嗎~!?
作不到
像女友會講..
"我又醜又胖..你不愛我..."
只為了得到男友說..
"妳最美我最愛妳啦..."
....嘖...
不理妳
什麼態度!!
一點都不可愛!!

請假，煮鍋豬腳麵線回家給我爸媽吃。結果我的父親在隔天心臟病突發，離開了人世，留給我一輩子永遠也無法抹滅的遺憾！我每回只要一想到這樁心痛的往事，我的眼淚就會不爭氣地一直流個不停！

歲月如梭，我就糊里糊塗地又過了這麼多年，這個令我既遺憾又害怕的閏五月居然又再度光臨！

這次我已經學乖了，閏五月即將來臨前，我就準備好豬腳麵線給我的母親。不過由於我的兩個女兒——彎姊與彎彎都還沒結婚，所以我也無須期待她們送豬腳麵線給我吃。但是民國九十八年的這次閏五月，媒體實在報得太誇張了！每天電視新聞都在播放有關閏五月的新聞，就是怕我這種糊塗的人會忘記！

也就是這個原因，所以我突然冒出一個奇異的念頭，雖然知道這並不符合台灣的民間習俗，但是我還是很期待女兒可以爲我準備一鍋豬腳麵線爲我添添壽。所以我一直在心中默念著「忠孝東路阿水師豬腳」，希望兩個女兒可以與我心靈交會，貼心地爲我買一份豬腳麵線。

不過我所許下的願望只實現了一半，雖然我沒看到「忠孝東路阿水師豬腳」，但是兩個女兒也稱得上是「冰雪聰明」，她們居然都記得在閏五月十五日這天包紅包爲我添壽，這眞的讓我非常欣慰！

或許是因爲我太欣慰了，於是很高興地跟孩子們發表閏五月感言：「謝謝你們送我紅包爲我添壽，如果我太長壽的話，會不會給你們帶來很多麻煩呢？」

他們沉默了大約十秒鐘，彎彎竟然頭也不抬說了一句：「嗯～」來打破沉默，然後三個孩子就各自回到自己的房間。

嗚～嗚～這個「嗯～」到底是代表什麼意思啊？

金銀婆婆，津雯皤皤

因爲彎姨在十七歲才願意跟我講話，不過一開始講話之後，我們這對雙胞胎姊妹就徹底打開話匣子，成爲一對無話不談、感情好到超乎尋常的好姊妹！自此後我們就不斷地講話，不管彎姨住在何處，哪怕長途電話的費用昂貴，這三十年來，我與彎姨每週至少會打一通電話。

約在十七年前，我與彎姨在電話中聊出了一位共同偶像：金銀婆婆。金銀婆婆跟我們一樣都是送給別人養的雙胞胎，姊姊叫做成田金、妹妹叫做蟹江銀，因爲名字裡頭有「金銀」兩字，所以大家都稱她們爲「金銀婆婆」。而彎姨叫「秀雯」，我叫「秀津」，我們就戲稱自己是「津雯皤皤」。（發音有像吧？）

不過我跟彎姨就是愛抬槓，當時我們還爲了金銀婆婆出生次序的問題而爭論不休。根據日本習俗，雙胞胎裡頭先出生的那位是妹妹，隨後報到的那位才是姊姊，因爲日本人認爲在媽媽肚子裡待比較久的寶寶有長者風範，所以理應稱爲姊姊。無奈的是：台灣習俗正好與日本相反，台灣人認爲先報到的那位寶寶比較大牌，所以比我早出生十五分鐘的彎姨才可以如此理直氣壯地自稱爲姊姊。

當我們知道金銀婆婆這兩號人物的時候，她們已經高齡一百歲了，但是身體還是非常健康！而且她們居然還在歡度一百歲生日之際出了一張唱片，成爲日本最年長的歌手，更厲害的是：她們的唱片賣得不錯，所以也應邀參加了日本除夕夜特別節目「紅白大對抗」的演出。

我與彎姨眞的是太喜歡金銀婆婆了！所以金銀婆婆的座右銘：「不要煩惱，管他去，一切順其自然！」就被我們兩人牢記在心，隨時隨地掛在嘴上！我們會不時地勉勵自己，要學習金銀婆婆的風範，要多想一些快樂的事，傷心、難過、生氣的事情都要拋諸腦外，如此一來，我們才能像金銀婆婆一樣活得這麼久、這麼開心！

後來當金銀婆婆在二〇〇〇年、二〇〇一年分別過世之後，傷心的我們就很少再提起金銀婆婆的故事與格言了。直到今年初，我們又在無意間提起了金銀婆婆。

或許我與彎姨眞的有把年紀了，所以一提起金銀婆婆，就會不由自主想起生死的問題，於是我就告訴彎姨：「銀婆婆（妹妹）比金婆婆（姊姊）還多活了一年，那妳覺得我們這對雙胞胎，誰會先走呢？」我本來以爲彎姨又要跟我爭論金銀婆婆出生次序的問題，沒想到電話那頭卻鴉雀無聲了好幾分鐘。

後來我才知道那頭的彎姨已經哭得稀哩嘩啦，好像我已經離開人世似的。所以我狠狠地嘲笑彎姨太三八、想像力太豐富！但是老實說，我在電話這頭也是偷偷地拭淚。

又過了半年，我跟彎姨又不小心在電話中聊到金銀婆婆，不過有了前車之鑑，所以我先下手爲強地警告彎姨：「妳不准再哭囉！」彎姨這次很乖，她不但沒哭，也沒跟我聊到生死問題，不過她卻發現我比她更誇張，我居然在電話那頭鴉雀沉默了將近十分鐘！

難道是我哭了嗎？其實不是。那是因爲我跟彎姨講電話講到口乾舌燥，於是就叫彎姨等我一下，我去拿個飲料來喝。當我開心地喝完飲料後，卻發現電話失蹤了，找遍全家也找不到。不過彎姨卻在此時再度發揮極大的想像力，她誤以為我悲從中來，又哭得稀哩嘩啦了，所以始終沒掛電話。

聰明的您應該已經猜出來電話在那裡了吧？沒錯！我把電話忘在冰箱裡頭，就這樣把彎姨關在冰箱裡長達十分鐘！

美麗動人又喜感十足的雙胞胎姊妹。

幼稚姊妹花

彎姨在十七歲之前始終不太敢跟我交談，但是我還是不氣餒，一直運用各種管道來了解跟彎姨有關的事情，尤其是彎姨的喜惡更是我最想知道的！因爲我們是雙胞胎，所以我猜想我們的喜惡應該都一樣吧？

無奈的是：每個人似乎都跟彎姨不熟！幾乎沒有半個人知道彎姨的喜惡，無論我如何用盡心思跟彎姨周圍的人打聽她，就是探聽不出半點訊息！對我而言，彎姨是如同謎一般的人物。

正當我心灰意冷、打算要放棄時，卻有一位跟彎姨很熟的親戚主動提供線報，原來彎姨怕蛇與蚯蚓。

其實怕蛇是非常正常的事情，但是我們平常想要看到蛇，眞的不太容易！不過彎姨怕蚯蚓的消息眞的是讓我喜出望外啊！足足讓我哈哈大笑了一整個下午啊！我想蚯蚓多可愛，怎麼有人會怕蚯蚓呢？不過想想也不對，蚯蚓不但住在泥土裡，同時也住在糞便裡，難道這就是彎姨怕蚯蚓的原因嗎？

於是我心中起了歹念，我要不要乾脆專程帶些蚯蚓跑去大溪去嚇彎姨呢？沒想到我們眞的是心靈相通的雙胞胎，因爲在我還沒動手之前，彎姨居然也起了歹念，偷偷跑去問我在三重的家人，得知我的剋星是蟑螂。

於是我們這對「幼稚姊妹花」就暗自準備要用蚯蚓與蟑螂來嚇對方。某一天，我們不約而同準備好對方的剋星，結果兩敗俱傷，彎姨被蚯蚓嚇到快要暈倒，我也被彎姨準備的死蟑螂嚇到幾乎心臟痲痺，幾乎往生！

後來彎娘告訴我，她怕所有長長的、沒腳的東西，所以她才會如此地怕蛇與蚯蚓！但是我比較不長進，因爲我到現在還是說不出個所以然，爲什麼我會這麼怕蟑螂？尤其是會飛的蟑螂更讓我魂飛魄散、驚聲尖叫。

不過蟑螂不是到處都看得到嗎？為何我現在還活得好好的，沒被蟑螂嚇死呢？據我那位博學多聞的二姊說，這是因為蟑螂也跟人類一樣，流行「少子化」。對於生物很有研究的二姊斬釘截鐵地告訴我：「懷孕的蟑螂才會飛！」所以我想蟑螂們應該也怕養不起下一代，乾脆就不生了，所以我們現在很少看到會飛的蟑螂，這也是彎娘我現在還沒被嚇死的原因。

話說，彎姨在我婚後經常來我家來作客，但是自從我從事某種家庭手工業之後，彎姨從此就再也不來我家了，而且打死也不來。我當時在家裡做蛇皮代工，這是一個很少有女生願意做、但是卻非常好賺的外快！也就是這個原因，我家三個小孩在耳濡目染之下，從小就不怕蛇！

但是自幼就不怕蛇的彎彎、彎姊、彎哥、彎姐難道就從此天不怕、地不怕了嗎？其實不然，彎彎最怕長長、又長腳的東西，例如：蜈蚣或馬陸，彎哥則是怕蜘蛛，彎姊才是勇者中的勇者，她似乎什麼都不怕！

不過某次彎哥居然不小心租了一部電影回家看，這部電影眞的是恐怖片中的恐怖片！因爲劇情裡頭居然出現了蜈蚣、蛛蛛、甚至蟑螂，所以除了彎姊之外，全家人幾乎都快心臟痲痺！

另外還有一件趣事，那是我跟彎姨跟著旅遊達人四姊跟團到日本四國的難忘故事。

當導遊宣布接下來要前往餐廳，我跟彎姨趁著短暫的自由活動脫隊，逛著小巷裡的手工飾品店，晃出來才發現找不到剛來的路！天色已經暗下來又下雨，我們倆越來越害怕，想到大家都在等我們，最慘的是手機、行程表都沒帶在身上！急得快哭出來的我們好不容易回到原地，卻見不到半個團員。正在此時，天籟之聲出現了，原來是四姊夫單獨出來接我們去餐廳！除了好心的團員紛紛安慰我們，經常忍受我們兩顆大電燈泡的四姊也溫柔擁抱住哭花臉的我們。這次的教訓除了告訴我們出門一定要帶手機，還提醒了我們：天兵牽到國外還是天兵！

長年吃齋的彎姊

我的大女兒彎姊（Kay）長年吃齋，不過她吃齋並不是爲了宗教理由，也不是爲了健康理由，而是爲了家裡養的眾多寵物。

彎姊第一次吃齋是爲了我家魚缸裡的水母，某天水母突然消失了，但是魚缸裡頭都是小魚，應該沒有魚有本事可以吃掉如此大的水母。因爲這件事情發生太過突然，所以彎姊就幫水母開了「死亡證明書」，並且用吃齋來爲離奇失蹤的水母祈福。

後來舉凡家裡的寵物生病或失蹤，彎姊都會用吃齋的方式來爲寵物祈福！因爲我家的寵物眞的是狀況連連，所以大家都誤以爲彎姊好像長年吃齋。但是話說回來，我們一致公認彎姊吃齋眞的很有用！因爲這幾年來我家的狗狗與貓貓不知道走失了多少次，但是在彎姊發心吃齋祈福的「加持」下，牠們總是可以找到回家的路。

我家目前有二狗三貓，這「五大活寶」的年紀都不小！平均歲數是十歲，最老的貓「喵喵」與最老的狗「該該」都已經高齡十二歲，就算最年輕的狗「阿魯」也有六歲。我家從來沒有買過狗貓，向來都是收養別人送給我家的禮物。一開始從養貓開始，等到貓已經不怕生、不見外、懶得跟狗狗計較時，我們才開始養狗。

我家的兩條狗該該與阿魯的肝臟都不太好！或多或少都有爆肝的症狀。那是因爲我家小孩作息都不正常（尤其是彎彎），而狗狗們天生就有跟主人作息時間共進退的覺悟，所以主人沒爆肝，狗兒卻紛紛肝功能異常。

儘管該該與阿魯的肝臟都不好，但是因爲牠們都很聰明，所以牠們的生活依舊是彩色，並沒有像電視廣告說的那樣黑白！

該該與阿魯到底有多聰明呢？首先，一般狗會的技藝（例如：握手、起立、臥倒、翻滾），牠們一定都會，而且還做得更好！除此之外，該該與阿魯的記性也很好，牠們可以記憶主人曾經吃過哪些零食、喜歡哪些零食（例如：乖乖與蝦味先）！而且就算主人不喜歡吃這些零食，牠們也會發揮超強的說服力，來「逼迫」主人一定要接受牠們喜歡的零食。

更重要的是：該該與阿魯一直具有察言觀色的能力，牠們會知道主人何時想吃零食，更對主人天性懶惰的個性瞭若執掌。牠們知道主人就算想吃零食，也會懶得出門去雜貨店買，所以牠們就會義無反顧地跑去樓下雜貨店「取貨」，主動地把主人想吃的零食全部「叼」回來。

而且該該與阿魯爲了怕雜貨店老闆知道我們全家人愛吃零食又懶得買的機密曝光，所以每次牠們都是神不知鬼不覺地取貨。

說到這裡，我必須要強調我們全家人都很誠實，我們只要發現該該與阿魯主動爲我們拿零食回家，我一定會馬上跑下去付錢給雜貨店（爲何總是我跑腿？），但是雜貨店老闆總是非常驚訝地問我：「眞的嗎？我剛才根本沒有看到狗啊！」

該該與阿魯每次取貨不付錢的壞習慣，有時也會影響到主人。像我也經常跟我家的狗一樣，拿了東西卻忘了付錢。像我早上買報紙與鮮奶的時候，我經常只記得付報紙的錢，而忘了付鮮奶的錢。幸好～腦袋不怎麼靈光的我都會在幾分鐘內想起，然後匆匆跑回便利商店「補費」。

我想養狗的人身上應該都有沾有一些狗的氣味，所以我們全家人走在路上，幾乎大部分的狗都會把我們當成「自己人」，跟我們特別親熱！

某次從泰國返國的時候，桃園國際機場的可愛米格魯一遇到我們母女，就親切地撲向我們。當時我與彎彎還沾沾自喜，我們的身上已經幾天沒沾到狗味，但是回台灣之後遇上的第一條狗居然還是當我們自己人，揪感心啊！

結果，才不是我們想的那樣呢！原來是節儉的彎彎把泰國吃剩的午餐放在行李箱帶回了台灣，卻忘了肉品不能進海關，然後被米格魯逮個正著，於是我的護照被登記了！

嗚～我就這麼有了前科！

堅持公平的傻主人

我這輩子沒有多少原則，不過「公平」是我少數堅持的原則。所以擁有九個兄弟姊妹的我，除了彎姨跟我是雙胞胎，擁有特別待遇之外，我對其他八個兄弟姊妹一向公平對待！

我對自己的三位小孩也是一直秉持公平原則，我絕對不會因爲彎哥比較好笑，所以我就對彎哥特別好！也不會因爲彎彎比較可愛，就對彎彎好！

當然～我的公平原則也必須適用在我家的寵物上，尤其是該該與阿魯。所以我每次帶狗出門，都會秉持公平原則，我一定會好好思考今天該帶那條狗出門？因爲我家明明有兩條狗，而且牠們都這麼聰明，如果我厚此薄彼的話，一定會被牠們察

每次阿魯暴衝跑掉
彎娘就彷彿潑婦罵街般…
阿魯！～～～～
咻－
……

覺的！

老實說，該該與阿魯的個性眞的大不同，雖然牠們都有潛入雜貨店偷拿零食的習慣，但是該該會主動幫我叼著菜籃與皮包，阿魯卻永遠也不屑養成這個好習慣。所以我去買菜時，我比較喜歡帶該該上街，因爲每次路人看到該該幫我叼著菜籃的乖巧模樣，一定都會對我投射出超級羨慕的眼神。爲了我的小小虛榮心，我比較常帶該該上街買菜。

但是我又擔心就此冷落了阿魯，萬一讓阿魯得了憂鬱症，這又該怎麼辦呢？所以我總是強迫自己偶爾也要帶阿魯出門，至少每週一次。但是帶阿魯出門買菜，其實就跟上健身房一樣，我總是可以充分達到運動的效果。

阿魯平常不會幫我叼皮包，但是每當我要付帳時，牠就會突然叼著我的皮包，跑得遠遠的！讓我糗到不能再糗！只好像個瘋婆子一樣，在馬路上狂追阿魯，但是越叫牠，牠老兄就跑越快，眞是氣死人！而且阿魯還會有幫我加菜的時候，莫名奇妙就在我菜籃裡放了一些我根本沒買的菜，所以跟阿魯上街買菜，眞的是要步步爲營啊！

有時爲了維持我有點脆弱的公平原則，我會吃了秤鉈鐵了心，乾脆一次帶兩條狗出門算了！因爲我一直認爲狗與狗之間存在一種微妙的默契，牠們應該會「互相砥礪」，讓主人不要太丟臉吧？

我的猜測其實大部分的時候都沒錯！因爲該該與阿魯一起聯袂出門的時候，眞的會相互約束，不會出現太過於脫軌的行爲，但是事情往往沒我想像地那麼美好！

某個晴朗的早晨，我帶著該該與阿魯一起漫步在街上，看到每個人都在忙著上學、上班，而我卻悠閒地牽著兩條聰明可愛的狗，此情此景，眞的是讓我得意忘形！

接下來，該該與阿魯卻忽然無預警地一起失控了！阿魯把我牽的繩子甩開，一路往前衝；該該也突然跑進車水馬龍間，悠閒地散步，這種場面眞的非常危險，頓時我花容失色！但在那瞬間，我必須做出一個抉擇：我該先救那一隻狗呢？是救該該，還是阿魯呢？唉～我眞的陷入了兩難。

因爲該該體型比較大，儘管身陷於車陣之中，我當下認爲沒人敢撞該該吧？所以我決定先去追阿魯好了！但是阿魯腳程太快，一下子就消失得無影無蹤，讓我非常沮喪！幸好該該在此時回過神來，穿越了重重車陣，回到我的身邊。不過始終找不到阿魯，這又該怎麼辦呢？於是我只好騎機車先送該該回家，待會兒再回來「地毯式搜索」阿魯算了！

就在我騎著車帶著該該回家時，正好遇上了紅燈，卻發現我旁邊的機車上坐著一隻若無其事、跟我微笑的狗。天啊！笨蛋阿魯居然「搭錯車」了！因爲阿魯的表情太過於無辜，所以把這位機車騎士逗笑了，然後所有過馬路的人似乎都發現這個笑點，於是斑馬線上的行人全都笑了起來。我是糗到不能再糗，但是阿魯卻好整以暇地一動也不動，難不成阿魯以爲是自己是搞笑演員嗎？

不過寫到這裡，我必須要透露一個隱憂，這是我們全家人這幾年時時刻刻都會擔心的問題，因爲該該十二歲了，以狗的年齡來說，該該眞的可以稱得上是「狗瑞」！所以大家都會擔心該該會離開，畢竟牠已經非常老了！

這幾年該該的個性轉變非常大！年輕時代的該該個性大而化之，跟我十分類似。但是老了之後，牠的個性就轉而憤世嫉俗，總是對比牠年輕六歲的阿魯不爽，該該只要發現阿魯有「行爲不檢點」的時候，牠就會挺身而出、教訓阿魯。

所以我每次望著該該，總是希望我自己老的時候，性格不要像該該這般地憤世嫉俗，千萬不要以教訓晚輩爲樂。不過該該也不是一無是處的臭老頭，因爲牠在憤世嫉俗之餘，其實比年輕時代更愛撒嬌，簡直是越老越可愛！所以我又勉勵自己，希望我老的時候也能效法該該，跟該該一樣越老越可愛！

因爲老邁的該該讓我們全家人學習到很多事情，尤其是「活在當下」的觀念，我們要好好珍惜每一天，好好珍惜跟家人相處的機會，所以該該現在成了我們家的「心靈導師」！

殺很大

「買東西到底要不要殺價？」是我跟彎彎爭論了十幾年的問題，當她還是小學生時，她就很明白地告訴我，她永遠都不想學殺價，因爲她喜歡有標價的東西與單純的買賣。「何苦要殺價呢？妳喜歡就買，不喜歡就不買！如果妳連去便利商店買東西都想要殺價，那活得是不是太辛苦啦！」彎彎如是說。

老實說，我的確認同彎彎的見解，不過我還是依然故我，三不五時就玩一下殺價的遊戲，因爲我覺得殺價是一種試試手氣的快樂，而且我的六姊妹都很愛殺價，所以「殺價」已經是我們家族的優良（？）傳統了！

我的殺價絕學是承繼於我二姊，她可是江湖上一等一的殺價高手，通常她只要看到想買的東西，就會自然流露出一副自己根本不喜歡、如果老闆不賣就走人的眼神。但是這種眼神我卻始終也學不會，眞是對不起我二姊的諄諄教誨！

儘管我二姊很厲害，但是她卻不是六姊妹裡頭最會殺價的人！因爲我住在國外的大姊與三姊更厲害，她們才是江湖不世出的殺價高手高高手，她們的眼神簡直是出神入化，每次都要逼得老闆不顧一切地跳樓大拍賣！

因爲我希望這本書除了讓大家開心之外也兼顧實用，所以我特別公布我們六姊妹最喜歡的殺價天堂，就是台北浣陵街一帶的城中市場，保證可以讓您「殺很大」！

雖然我跟著大姊、二姊、三姊學習了好幾十年的殺價本領，但是我還是殺不出一個所以然。我覺得原因就出在：我眞正想要買的東西，我都不忍心殺價。因爲我會擔心萬一殺到最後，讓老闆生氣了，他就不願意賣我了！

再者，我每次「殺很大」所買到的東西，往往都是我並不需要的，我想這應該是出自於我的得失心太重！我的「**眞情流露**」總是被老闆察覺，所以打死也不降價。

某次跟彎彎一起去杭州，我在古玩市場裡看到一只很漂亮的手鐲，但是標價居然要五萬元人民幣，實在是買不起！於是我的「殺價本能」被喚起了，所以我就隨口問老闆：「五千元，賣不賣？」這位老闆裝了一個面有難色的表情對我搖搖頭，我想這樣也好，買不到就算了～正當我與彎彎準備要走人時，老闆居然同意用五千元賣我這個手鐲！

於是我就喜孜孜地跟彎彎說：「看～媽媽多厲害啊！用一折的價錢就能買到好手鐲，妳要多學著些！殺價之樂，樂無窮啊！」當然～彎彎也不敢多說什麼，就默默看我「殺很大」！

後來我們又走進一家中藥鋪，這家店的老闆非常熱情，主動爲我們泡腳，然後跟我介紹一帖非常適合老年人吃的中藥，聽起來跟我媽媽的症狀很像，所以讓我激起買回去孝敬老人家的衝動。不過老闆一開口就是四萬元人民幣，哇！這簡直是天價！於是我看著我的手鐲，充滿著自信對他大喊：「四千元，賣不賣？」

這回殺價並未奏效，因爲老闆居然板著臉、用堅定的眼神對我說：「一毛錢都不能少！不買就算了！」這時我突然湧起一個詭異的念頭，我想「認眞的女人最美麗！不降價的老闆最帥氣！」，如果老闆連半毛錢都不願意退讓，搞不好就代表這帖中藥很棒、具有四萬元的價值！

於是不顧彎彎一再阻攔，我居然鐵了心腸買下這帖四萬元的中藥！這可是我這輩子買過單價最高的商品呢！不過我始終無法證實，這帖中藥到底值不值這個價錢，因爲我媽到現在還是不願意吃，所以這帖藥也算白費了！

後來我跟黃社長提起這兩個殺價故事，我希望黃社長可以說句公道話、幫我評評理，我是不是眞的很瞎，居然可以買下四萬元的中藥。

黃社長並未直接回答我這個問題，不過他卻跟我說了一個海綿寶寶的殺價笑話。

海神對海綿寶寶說：「因爲你表現很好，所以我要賜給你三個願望！」

海綿寶寶回答：「不行~我要五個願望！」

海神勉爲其難地說：「那四個願望可以嗎？」

海綿寶寶義正辭嚴地說：「不行~就三個願望，您別跟我討價還價了！」

最後海綿寶寶沾沾自喜跟大家說：「我跟海神殺價成功了耶！」

第六章　彎娘愛時髦

學你正在做的事，

這是我表達愛情的方式。

拍照就是為了回味

大概二十年前，在電視上看到一個讓我印象很深刻的廣告！這是李立群先生爲柯尼卡軟片拍的電視廣告，他用非常快的速度劈哩啪啦講了一長串，雖然我不能完全聽懂他到底在說什麼，但是這廣告卻深深打動了我，讓我從此開始喜歡拍照。

於是我特別請彎彎幫我在網路上找出當年的廣告詞，列出來讓大家復習一下我當年的感動：

「我說人活得好好的他爲什麼要拍照？喔……到底是爲了要回味兒！回什麼味兒？回自己的味兒、回自己和大家生活的味兒、回經歷和體驗的味兒、回感受深刻的味兒、回悲歡離合喜怒哀樂的味兒。」

以上廣告台詞的重點就是「拍照就是爲了要回味」，所以我立即買了一台照相機，準備好好拍照，讓自己與全家人都可以好好回味自己的生命歷程。

不過當我開始熱愛拍照時，我的孩子們都不太願意配合，一方面他們小時候比較低調，並不喜歡被拍。另一方面，他們不太認同我的拍照理念。或許我該聊聊我的拍照理念，好讓大家來評評理吧！

我幫孩子們拍照時，都會要求他們要笑，否則我就不願意按下快門。也因爲如此，我每次拍照都要花很久時間，這時我就會罵彎彎：「妳這個**不笑女**！」

但是我對於「笑」的標準又是什麼呢？嗯～且讓我好想一想。對了！我覺得「**露齒而笑**」才是正港的笑容，所以不露牙齒的要笑不笑，我就當你沒笑。所以這幾年我最生氣的事情就是政府規定身分證使用的大頭照不准露出牙齒！天啊！我全身上下也只有牙齒最能看而已！如果不讓我露齒而笑，那我幹嘛要拍照呢？

我另外一個不被孩子們認同的拍照理念就是：我喜歡在交通工具的門口邊拍照。這應該算是我最讓大家受不了的超級大怪癖吧！

我眞的對「門」情有獨鍾！而且這「門」的範圍非常大！像公車門、遊覽車門、火車門、電梯門甚至是飛機門，我只要一看到門，就燃起想要拍照留念的熱血！除此之外，我還堅持要進門拍，出門絕對不拍，所以這個怪癖讓我的孩子們不堪其擾。

爲了拍孩子們在門旁邊的相片，我的動作必須非常靈活、非常快速才行！有時爲了拍孩子們在火車門準備搭車的相片，大家會陷入恐慌，因爲他們會擔心我只顧著拍照而沒趕上火車，所以不停地催促我，幸好我從來沒因此錯過任何一班火車！

總之，我家有很多跟「門」有關的相片，無論我自己或是孩子們的相片，多半都是我們搭火車、搭電梯、搭飛機、踏入任何一種交通工具大門口那瞬間的珍貴相片，只可惜這些相片都不太好看，因爲照到的多半是大家在催促我的慌亂表情，這可眞糗啊！

三娘教子？！

我有招牌蓮花指

因為我們全家人都擁有健忘的特質，就算說是健忘的「體質」也不為過！原本健忘是我個人專利品，但是我的孩子們過了二十歲之後，居然就後起直追、迎頭趕上。

關於全家人集體健忘會有什麼壞處呢？其實並不是本篇文章的重點，而且這本書是一本樂觀的書，所以我乾脆來說說全家人集體健忘的優點好了！嗯～優點就是大家都開始喜歡拍照了！

其實我們家人的健忘症還沒嚴重到會忘記自己去那裡玩過或吃了些什麼，我們頂多只是記不住哪裡地方好玩、哪些美食好吃、去玩過的地方有什麼特色罷了！

就是因爲如此，所以我們必須把這些旅遊的重點好好拍下來，以便日後回味之用。當您看到這裡一定覺得很奇怪！不是每個人都這樣嗎？這有什麼好稀罕的呢？啊！健忘症的我居然忘了寫出重點了！重點就是「我們必須用手勢來標明相片重點」。

打個比方，如果我們去某家餐廳吃飯，飯桌上有四道菜，其中有一道菜特別好吃，那麼我們就會在這道好吃的菜上空豎起大拇指，然後快速拍下相片存證。

爲甚麼要這樣做呢？因爲我如果只是單純拍大家吃飯，下次舊地重遊，我們全家人百分之九十九會忘記那道菜特別好吃！

除了食物之外，所有看得到的地方，我都想用手勢標示得一清二楚。所以家人拍我的相片，我的姿勢幾乎永遠都是指指點點，指著遠方某座特別漂亮的山、指著花叢裡特別漂亮的花、指著人群中最漂亮的一個人。所以彎彎說我的相片有唐朝大詩人杜牧的境界，因爲每張相片都很像是「牧童遙指杏花村」。

不過我很少拍風景照，我的相片一定要出現人，哪怕是不小心經過的路人甲都好，否則我還不知道該如何按快門呢！再說，風景明信片到處都有賣，攝影師拍的

玩到哪、拍到哪的堅強執著！

一定比我好上一百倍！我何苦要自己拍呢？

彎彎常說我像是櫻桃小丸子裡頭的一個角色：小玉的爸爸，這位仁兄是一個瘋狂愛拍照的爸爸，尤其喜歡拍女兒。不過我跟他有點不一樣，我除了瘋狂愛拍照、也喜歡拍女兒之外，我還會慫恿別人拍照。

只要到一個我覺得很滿意的風景區，我就自告奮勇，主動爲路人甲、路人乙拍照，而且還會敦促別人露齒而笑。如果被我看到不打算拍照留念的人們，我還會主動跑去說服他們！不過我的說服力應該不太夠，大部分人都無動於衷。

大概在三年前，彎哥送我一台防手震數位相機之後，我就跟著孩子們一起進入數位相機的世界。數位相機眞的是一個好東西，可以讓我更加瘋狂地拍照，而且最神奇的是：我已經用這台相機整整拍了三年，少說也拍了幾萬張了吧？但是記憶體居然還是沒用完！可見科技進步眞的是造福了無數像我一樣的拍照愛好者！

後記：彎彎看了我這篇文章之後，笑到一個呼天搶地！她跟我說：「媽～我每次都會偷偷幫妳把相片轉存進電腦裡，妳還眞以爲一台數位相機可以拍幾萬張相片啊！」

彎家兄妹三連拍

我總是覺得，不知道我們一家人是在「汐止」地區住了太久，所以才會害得我的孩子們個個都變成「戲子」！因爲他們實在是太愛演戲了！每回拍照，他們都要演個不停，不但要表演各式各樣的動作，甚至還有很多內心戲橋段。

我看彎彎他們拍照，眞的就好像在看別人拍電視劇。他們要事先設定主題、排練動作、模擬各式各樣的情境，揣摩喜怒哀樂種種不同的表情。有時彎彎還不是扮演人類哦！她居然連雕像、面具，甚至是電線桿等無生命的物體都願意挑戰，眞的是讓我又好氣又好笑！

彎哥也是很厲害！他創造出「搞笑相片力量大」的哲學：「搞笑才是讓相片永

垂不朽的方式，只有搞笑相片才能讓你再三回味，而且樂趣無窮！如果把相片拍得美美的，像是畢業紀念冊或『勿忘影中人』那種老土相片，就沒有意思了！」

彎哥逢人就推廣他的理念，希望每個人都跟著一起拍搞笑相片，爲自己的人生留下最鮮明的記憶。而彎彎只要發現相片拍得不好笑，就會立即刪掉重拍。至於相片好笑與否的定義爲何呢？彎彎說：「如果連我自己都笑不出來，那就非得砍掉重練了！」

雖然我也是搞笑界的老前輩，但是我年紀畢竟是大了，根本無法融入彎彎與彎哥搞笑相片的遊戲中，不免擔心我與孩子們的距離會越拉越遠。

貼心的彎彎知道我的隱憂，於是邀請我跟大家一起玩最簡單的搞笑相片，也就是三連拍。

三連拍就是在短短的幾秒鐘時間連拍三張相片，最好能夠做出三種不同的表情或動作才會凸顯出趣味感！起初我覺得三連拍實在太瞎了，但是看到彎彎玩得這麼開心，還怕我寂寞慫恿我玩，最後我只好盛情難卻地加入。

但是三連拍眞的不容易，我每次都趕不上彎彎的速度。通常我的三連拍表情分別是「露齒而笑、露齒不笑、露齒而笑」，好像元宵節的電動花燈一樣僵硬。玩了一段時間，我的三連拍表情終於比電動花燈高明了一些。

於是彎彎勸我更上一層樓，把我又拖入五連拍、八連拍等更高難度的拍照遊戲，彎哥還規定每張相片都要呈現出不同的搞笑表情，除了我必備的露齒而笑之外，還必須加入會心而笑、拈花微笑、捧腹大笑等種種情境。

如果您跟我一樣都是年過半百的媽媽，也會跟我一樣陪孩子們玩「搞笑相片三連拍」的遊戲嗎？我覺得「搞笑相片三連拍」算是滿有趣的親子同樂！有機會的話，您也可以試試看囉！

彎娘很喜歡光說不練
英文..駕照..運動..
都很重要啊－
你要去學去做啊
我也很想學啊
妳覺得好幹嘛自己不學?
自己想做的事
就自己去做
不要強迫子女啦－
....
我老了記憶力不好
學不來啦－
這時就承認妳老啦?

上網路拜樹頭

因爲彎彎的事業是拜網路之賜、靠網路所造就出來的，所以身爲母親的我應該要「吃果子拜樹頭」，學習上網來好好感謝網路大神對於彎彎的長久照顧。

儘管我一直想用「感恩回饋」的心來學習上網，但是我還是充滿了恐懼！光看到彎彎爲了上網，幾乎每天都挑燈夜戰、睡眠不正常，害得家裡的狗都跟著爆肝，就讓我擔心我一旦學會上網就會沉迷於網路世界，變得跟彎彎一樣生理時鐘大亂。

我就這麼內心掙扎了一、兩年，當我好不容易說服自己要開始學習上網，這時我突然發現一個非常嚴重的問題：我居然沒有電腦耶！

因爲我天性節儉，所以捨不得多買一台電腦來上網，再說我家已經有四台電腦

了！於是我就起了歹念，想要凹孩子們的電腦來用。

我仔細觀察了大家的電腦，我發現彎彎的電腦最小、最可愛，看起來比較聰明、比較適合我。所以我打算跟彎彎借來用。想說只要我借久了，彎彎一定不好意思要回去！我搞不好就可以順理成章地「占領」彎彎的電腦了！哈哈～

就在我跟彎彎開口之後，離奇的事情發生了！她突然「彎心大悅」，變成一位比平常還貼心十幾倍的乖女兒。她平常不捨得開冷氣，除非氣象局發布高溫特報。但是我只要說要上網，她就會開冷氣給我吹，讓我舒服地躺在她的床上上網，而且還會幫我按摩、播放我最喜歡的英文老歌，把我照顧得無微不至。

因爲只有上網，才可以讓我受到彎彎如此貼心的款待，所以我從此就愛上了網路！不過這時又出現了一個大問題：如果我上網只是看彎彎的部落格或者是看看網站，沒有互動、沒有溝通，那眞的是太寂寞了！所以我就下定決心要學習中文輸入法，因爲再怎麼說，溝通一定需要打字！

於是彎彎就建議我學習微軟新注音輸入法，雖然我學得非常吃力，但是憑藉著我那高超的一指神功，終究還是學會了中文打字。不過很遺憾的是：我不太敢打標

~孌娘上網圖~
我說啊~
妳就不能好好坐著上網嗎!?
到時候腰痛..近視…
妳是我媽
還
我是妳媽啊!?~
在家都穿很少..
外褲下不穿內褲..
筆電啥時說要給妳了~?
妳白雪公主啊!?
動物也太多了吧!
孌²的床

點符號，因爲我每次想要打標點符號，都會意外把整行字都刪除，甚至刪除掉一整篇文章。現在我只要一想到標點符號就內心糾結，所以打字一律不打標點符號，希望各位網友可以見諒！

從我學習上網到現在，已經有將近兩年的時光！我不但成功地把彎彎的電腦占爲己有，而且也擁有了自己的部落格與噗浪，最重要的是：彎彎在我上網時還是會對我很好。（不過沒上網，她就變成另外一個人！）

寫這本書的時候，有朋友問我：「彎娘，妳現在打字是用一指神功，還是雙手並用呢？」我很大言不慚地說：「廢話～我現在當然是用雙手打字啊！」

沒錯！我現在的確可以用雙手打字，不過我話還沒說完，我的右手依舊只使用食指在打字，至於左手則托著下巴，因爲我永遠都趴在床鋪上用電腦。但是這個故事最好笑的地方是：我現在已經完全習慣趴著使用電腦，如果讓我坐在椅子上，甚至連一指神功都無法發揮出來呢！

堅持上傳失敗

自從我學會上網之後，一開始當然是先從看彎彎的部落格看起，偶爾也會看看奇摩或是新聞網站。但是沒多久工夫，我就感到厭煩！但是我又不願意割捨上網的時候彎彎對我的殷勤對待，所以我就請教孩子們：「網路到底要怎麼玩才好玩呢？」結果大家異口同聲地高呼：「MSN！」

於是我就亦步亦趨地看著彎彎玩MSN，我發現MSN好像要先找一些朋友，然後再用打字的方式配合一些表情符號來聊天。於是我的腦筋就動到我的六姊妹身上，邀請她們跟我一起玩MSN吧！

不過我的六姊妹對於我的建議可是百般抗拒，因爲她們雖然會上網，也可以比照我的方式：硬凹小孩的電腦來用，但是重點還是在：玩MSN意願不高！

因爲我的大姊與三姊住在國外，如果要跟她們談心，一定要打越洋電話才行，但是電話費又很貴！所以「網路溝通比電話便宜」成爲我說服六姊妹的第一個利器。我使出的必殺絕招是：「家裡眾多姊妹就屬我最笨，如果連我這種笨蛋都可以學會MSN，那麼妳們爲何不能？」

雖然我對自己說出如此沒自尊的話感到懊惱，但是卻不能否認這句話擁有強大的說服力！一週之內，大家居然都灌好軟體了！於是我們六姊妹就在MSN上見面了。

儘管我花了這麼多時間說服大家在MSN上相見歡，不過新鮮感似乎只維持一天，因爲我們發現在MSN上聊天並不是一個好主意！因爲我們的中文輸入實在是太慢了！每次要等好幾十秒才能看到對方打出下一個字，這種感覺就好像在深山裡大喊，但是回音一分鐘之後才傳回來。

如果打字慢，就用表情符號來溝通吧！因爲我堅持要用彎彎畫的表情符號，但是我又沒本事說服姊妹們也跟我用一樣的表情符號，所以大家只好看我一個人上演

「彎彎表情符號大全集」，沒過幾小時，她們就覺得乏味了！

沒隔幾週，六姊妹們就一個一個退出了MSN。某天晚上，沮喪的我跑去問彎哥：「為什麼她們都不喜歡MSN呢？」貼心的彎哥也沒逮到機會損我，反而說了一句很有道理的話：「因為MSN不能發揮妳們的幽默感！所以妳們不可能會喜歡MSN！」

因為彎哥的開示，所以我們又重新回到用電話交流的世界中。不過您覺得我的網路故事就這麼說完了嗎？其實還有呢！

雖然我的小孩們未曾鼓勵我寫部落格，但是診所裡的同事Hugo卻熱心地鼓勵我，還幫我設定部落格資料。（MSN也是她幫我設定的，感恩～）

就在二○○八年五月三十日那天，我在奇摩部落格寫下了我人生第一篇部落格文章，題目叫做「從當了彎娘以後」。至於文章內容如下：

「當了彎娘以後　生活變的多彩多姿　最重要的是　認識了好多可愛又善良的網友與書迷們　每次簽書會能與他們互動是我最快樂的日子」

各位讀者朋友有沒有看出上面這篇文章的玄機啊？

嗯～答案就是：「這是一篇沒有標點符號的文章。」「沒有標點符號」已經成爲我文章的最大特色，因爲我只要「試圖」打標點符號，往往整篇文章都會消失不見！儘管彎彎教我了將近一百次，但是我就是打不出來。

自從寫了第一篇部落格文章之後，我又開始得意忘形了起來。我覺得「有一必有二」！有朝一日我一定可以每天發一篇部落格文章，用部落格來寫日記。

不過我又失敗了，每次當我花了幾個小時辛苦地寫完一篇文章，結果都在上傳時失敗，文章就在我眼前上演「憑空消失」的魔術，這種感覺眞的是錐心刺骨啊！

就算我再怎麼沮喪，也不會在家裡大呼小叫！我只會去找孩子們「告解」，跟他們拍胸脯保證：「我以後絕對不會再寫部落格了！」不過沒過幾天，我還是又上網寫部落格，雖然依舊是上傳失敗，但是我樂此不疲，也許這就是網路的魔力吧？

自從學會上網、玩MSN、寫部落格之後，我眞的越來越佩服彎彎，於是我又挑了個良辰吉時，跑去彎彎房間跟她表達敬意。

「網路這麼困難，妳居然還可以在網路上堅持這麼久！我眞的爲妳感到光剛學打字的彎娘..

一指神功

半年後..

二指神功

進化啦~!!

榮！」我溫馨地說著。

「妳也滿堅持的啊！『**堅持上傳失敗**』這麼久！」彎彎面無表情地回我這句。

不過，彎彎說的倒也是事實啦！因為我的部落格第二篇「上傳成功」的文章是二〇〇九年五月，跟第一篇部落格文章居然相差了整整一年！不過我在這一年之間卻寫了三十幾篇「上傳失敗」的文章，所以我真的可以稱得上是一位「堅持上傳失敗」的媽媽！

天意噗

古早以前，彎彎每次準備在網路上發表作品，她都會心滿意足地說一句：「我要『缽（post）』上網囉！」

因爲我不懂英文，而且我覺得彎彎說的這個「缽」字會讓我想到乞丐托缽，於是我就自作主張地把「缽」改成「噗」。所以我每次都會很親切地問彎彎：「妳要『噗』了嗎？」然後就被彎彎畫成漫畫，嘲笑了好幾年！

皇天不負苦心人！自從出現「噗浪」之後，我終於可以名正言順地說：「我要噗囉！」

首先要感謝把我帶入噗浪世界的恩公：吳建恆。他是中國廣播公司《娛樂E世代》的主持人，據說他的外號叫做「大好人」，不過認識他之後，我覺得「超級大好人」才是最適合他的外號！

在二〇〇九年的母親節，我與彎彎去上吳建恆的廣播節目，他在節目裡大力推廣我的部落格。但是我覺得很納悶，卻也不方便當面跟他說。因爲我的部落格只「成功上傳」了一篇而已（失敗了三十幾篇），總字數還沒超過四十個字，這有什麼好推廣的呢！

不過大好人就是大好人！吳建恆先生也許是發現我的部落格沒啥好推廣的，所以他當下就跟我介紹了一個新玩意：噗浪。他說這是比MSN與部落格更好玩的網路新花樣！因爲吳建恆人實在太好、太有說服力了，所以我根本沒有任何掙扎與遲疑，就這麼踏入了噗浪的世界。

自從進入了噗浪世界，我馬上就愛上了它！我每天一定要花幾個小時來玩噗浪，因爲我的噗友們實在太熱情了，而且留言也實在太好笑了！噗浪可以讓我跟年輕人打成一片，讓我青春永駐，實在是太感恩了！

儘管我熱愛噗浪，但是還是存在著一些心理壓力。首先我不會英文，如果噗友

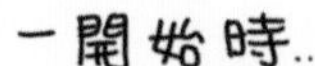

然後戀娘有了自己的帳號跟筆電後..

↖其實是我的..

的暱稱是英文，我永遠都會「張冠李戴」、分不出誰是誰，這眞的是很不禮貌的事情！

另外我也會擔心，如果我只回覆了某些噗友的留言，而不小心遺漏掉其他噗友，這些「遺珠之憾」的噗友會不會因此生氣呢？他們會不會覺得我耍大牌、覺得我不好相處、覺得我是個壞人？唉～我眞的很怕得罪人耶～

爲了這問題，我與彎彎促膝長談，沒想到這也是當初最困擾彎彎的問題，因爲彎彎的部落格留言實在太多！所以她根本沒空一一回覆留言，所以逼得她最後只好挑重點問題來回覆。於是我又加問一句：「那重點問題又是什麼？」彎彎嘆了一口長氣，並未回應。我們果然是母女，永遠都擔心別人的「奇檬子」。

當我噗浪玩了兩個月之後，認識了很多非常有趣的噗友。某次我跟彎彎帶著筆記型電腦去墾丁玩的時候，我突然在我的噗浪上面發現一個暱稱：「墾丁小屏」，我想墾丁小屏跟彰化肉圓不一樣，如果有噗友的暱稱叫做彰化肉圓，他也許只是愛吃彰化肉圓，但是並不代表他住在彰化！不過「墾丁小屏」這名字似乎就代表他住在墾丁，至少也是在墾丁工作吧？

我的判斷是正確的！「墾丁小屏」眞的在墾丁某個加油站工作，但是這個加油站的距離跟我下榻的飯店有十幾公里之遙。於是我的熱血湧上心頭，我很認眞地告訴彎彎，我決定要進行我的人生第一次與網友「私會」。

我承認我熱血過了頭了，居然會使用如此曖昧、搞笑的「私會」兩字。不過或許也是「私會」這兩個字讓彎彎笑得樂不可支，她居然舉雙手贊成：「好吧！媽～妳就去私會噗友吧！但是加油站離這裡很遠耶～妳要如何去呢？」

對了！問題來了！這十幾公里的路程難不成叫我用走路去嗎？不過我突然想到墾丁有租借機車的服務，可惜天不從人願，我只會騎五〇CC的輕型機車，但是墾丁卻只有一二五CC以上的重型機車可供租借。沒關係～爲了「私會」噗友，我硬著頭皮駕駛這台我從未駕駛過的重型機車，就這麼浩浩蕩蕩地去尋找噗友墾丁小屏。

好不容易騎到了加油站，但是這個加油站實在很大、人也眞多！到底哪一位才是墾丁小屏呢？所以我就打算硬著頭皮一個一個問，沒想到我的運氣眞的很好！第一位問到的人就是墾丁小屏本人。

第一次跟網友見面（這次就不用「私會」兩字了！因爲我越想越害羞！）實在是好興奮！雖然我們之間的對談超乎尋常地簡單，就是：「彎娘好嗎？」「彎娘很好！」「墾丁天氣眞好啊！」「對啊！墾丁天氣眞的很好！」「天氣眞熱！」「沒錯～熱死了！」之類的對話，但是我還是覺得非常窩心，這眞是一個非常特別的經驗啊！

因爲墾丁小屏還在上班，所以我也不方便跟他多說幾句，於是我就匆匆道別，順便拍下一張紀念相片，然後帶著莫名的興奮感離開了加油站。

在回程的時候，我還是感覺非常興奮！所以我就一路「順便」騎到了鵝鑾鼻、風吹沙、佳樂水，能騎多遠、就騎多遠，我似乎拋開了一切，根本就忘記正在騎一台從未騎過的重型機車。

感謝老天爺，最後我居然可以在汽油用完之前順利騎回飯店，而且也沒有迷路，我只能說，一切都是天意啊！哈哈～

彎彎知我心

彎娘＋彎彎的成長日記

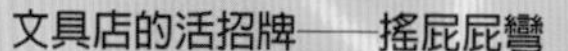

文具店的活招牌——搖屁屁彎

肚子裡

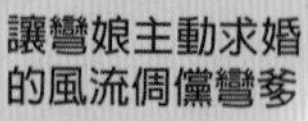

讓彎娘主動求婚的風流倜儻彎爹

教唱「我的媽媽真偉大」，心機很重的彎娘

亭亭玉立的小學彎

彎娘嘗試勁爆髮型

彎娘永遠不忘參與
彎彎的重要時刻

彎娘親筆稿！彎彎的繪畫
天分遺傳自……？

後語　創作真的是寂寞的！

大概在二〇〇八年年底，自轉星球的黃社長第一次跟我提起要幫我出書的事情，不過我一點都不感到驚訝，因爲社長大人平常很愛講笑話，而且都是大家都不太會捧場的冷笑話，所以我想出書這件事一定是一個難笑的冷笑話。

後來又過了半年，社長再度跟我提起出書，因爲這次他的口吻依舊帶著戲謔，所以我就反問他：「請問誰會想看我寫的書呢？」沒想到我才問一個問題就考倒了社長，他想了很久很久才說：「喜歡海綿寶寶的人應該都會想看妳的書吧？」

到了二〇〇九年年底，彎彎正爲了《可不可以不要鐵飯碗》這本書忙得如火如茶時，社長第三度跟我提起了出書之事。雖然我表面上沒有答應社長，但是我就是

這麼「表裡不如一」的人，因爲我一直纏著彎彎追問：「妳覺得我要穿什麼衣服拍新書封面？」「如果我的書有簽書會，我應該穿什麼衣服？說什麼話呢？」

因爲我每晚都在問這些三五四三的問題，讓彎彎覺得不堪其擾，誤以爲我已經決定要出書，就通知了社長，於是我人生的「誤打誤撞史」又掀開了嶄新的一頁。

不過答應要出書跟實際寫成一本書之間，的確存在著很大的差異，所以當出書的事情成眞之後，立即就讓我陷入了極大的恐慌中。於是我跟我的孩子們求援，彎哥是第一位願意對我伸出援手的，但是他覺得這本書很高難度，可能幫不上什麼忙，因爲每天相處的家人似乎很難擠出故事來。彎姊則是第一位拒絕幫助我的孩子，因爲她個性低調，非常不愛曝光，她期待這本書裡頭都不要出現她。

最後我只好求助於彎彎，但是彎彎跟我祭出義正辭嚴的六字箴言：「創作是寂寞的！」雖然她願意幫我畫插圖，卻始終不願意幫我寫內容。不過，各位讀者朋友千萬不要認爲彎彎是位不貼心的女兒，而我是位失敗的媽媽喲！因爲彎彎可是跟我講了一個理由：「媽～這本書是彎娘的書，並不是彎彎的書。妳自己的故事與經驗，怎麼可以由兒女來代勞呢？」

彎彎的理由眞的很有說服力！我想這本書的確是我自己的書，我自己的故事當然非得由我自己來完成啊！於是我就在一張紙條上寫下七字箴言來自勉，只要我覺得創作很寂寞時，我就拿出這張紙條來勉勵自己。對了！這七字箴言寫著：「個人造業個人擔！」

圓神出版社與自轉星球出版社似乎也知道我的「寂寞難耐」，所以他們爲了安撫我的恐慌、釐清我的思緒，還特別幫我找了一位業界非常厲害的撰稿者：閻驊大師來幫我的忙。閻驊每週都會規定我一些作業，而且還會陪我邊喝咖啡邊檢討作業。

閻驊大師眞的很像嚴厲的小學老師，但是我覺得其實他更像是腦科醫生，他讓我荒廢已久的大腦突然變得清晰了起來，無數被我遺忘已久的往事源源不斷地從我記憶深處湧出，這時我才發現我的人生似乎也沒我想像中乏味，於是我又開始「自我感覺良好」了起來！

自從我開始下定決心要寫這本書之後，我的心情眞的變得一片大好！生活也踏實多了！雖然我還是會纏著彎彎、彎哥，逼著他們一起幫我回溯往事，但是他們已經不嫌我煩了。

正好前陣子我跟彎彎去泰國參加簽書會，體驗了一場人生最難忘的解放之旅！因爲我的心態與行爲舉止眞的改變了很多很多！

您知道我以前有多保守嗎？說出來也不怕被大家笑。我保守到連腳趾頭都不敢露，所以我這輩子從來沒有穿過夾腳拖鞋，這一直是我的兒女無法理解、而且嘲笑到老的經典笑話。

如果連夾腳拖鞋都不敢穿的人，那就更不要提「露很大」的泳裝了！但是我此趟泰國行，我居然敢穿夾腳拖鞋，而且還敢穿著泳裝，展示著我那有如洗衣板的身材。

除了穿泳裝之外，我赫然發現我的臉皮也變厚了！居然敢在鏡頭前講著無厘頭的話，而且話裡居然還有笑點呢！所以黃社長當時也嚇得目瞪口呆，大呼：「妳眞的變了！」

總之，我是用非常愉快的心情來完成這本書，希望各位讀者朋友也能從這本書裡頭發現到我的快樂！雖然我知道這本書的主人翁只是再平凡不過的凡人，而且也是不怎麼稱職的媽媽，我的人生故事與生活片段似乎都要在後面加註個（誤）才足以詮釋。但是再怎麼說，這都是一本幸運的書，因爲我夠幸運，才能把人生一連串的「誤打誤撞」變成「誤打正著」。當然～我的女兒彎彎也很幸運，這麼多年來，始終都有一些默默支持的好朋友在後面力挺到底。

我相信各位讀者朋友也能分享到這份幸運，成爲一個既幸運又幸福的人。期待大家可以從這本《彎家有個娘》中獲得快樂。感恩～

帶著夢想去旅行

如果沒有夢想，我們還能走多遠？

部落格天后彎彎回饋一億八千萬人次友誼的環島電影

一段尋找夢想的華麗旅程

2010年春天，跟著彎彎一起，帶著夢想去旅行！

國家圖書館出版品預行編目資料

彎家有娘初長成 / 彎娘文; 彎彎圖.-- 初版 -- 臺北市：圓神, 2010.02
184 面；14.8×20.8公分 --（Tomato；46）

ISBN 978-986-133-314-4（平裝）

855 98024188

圓神出版事業機構
The Eurasian Publishing Group
用心與你對話・視野無限寬廣

圓神出版社
Eurasian Press

http://www.booklife.com.tw inquiries@mail.eurasian.com.tw

Tomato 046

彎家有娘初長成

作　　者／彎娘・彎彎
發 行 人／簡志忠
出 版 者／圓神出版社有限公司
地　　址／台北市南京東路四段50號6樓之1
電　　話／（02）2579-6600・2579-8800・2570-3939
傳　　真／（02）2579-0338・2577-3220・2570-3636
郵撥帳號／ 18598712　圓神出版社有限公司
總 編 輯／陳秋月
主　　編／沈蕙婷
專案企畫／賴真真
責任編輯／林平惠
美術編輯／劉語彤
行銷企畫／吳幸芳・陳羽珊
印務統籌／林永潔
監　　印／高榮祥
校　　對／彎娘・連秋香・林平惠
排　　版／莊寶鈴
經 銷 商／叩應有限公司
法律顧問／圓神出版事業機構法律顧問　蕭雄淋律師
印　　刷／國碩印前科技股份有限公司
2010年2月　初版

定價 290 元　ISBN 978-986-133-314-4

輕鬆的、活力的、創意的、動人的，

一種純粹而愉悅的閱讀新體驗。